AF215065

Jean-Pascal Ansermoz
Längts no zum Pressiere?

Zum Buch

Ein Best-of! Lange habe ich davon geträumt und nun ist es endlich so weit. Die besten Stories aus fünf Jahren (2009-2014) in einem Buch!

In »Längts no zum Pressiere?« geht es um des Lebens Vielfalt, verpackt in bewegenden Alltagsgeschichten und poetischen Momenten. Hier gibt es Lustiges und Besinnliches, etwas fürs Herz und etwas fürs Gemüt. Freude und Leidenschaft aus einem Land, das fasziniert. Denn man findet Schwierigkeiten immer dort, wo man sie sucht, und das Glück oftmals, wo man es nicht vermutet.

»Eine Zusammenstellung aus anspruchsvollen Ideen
und einem lockeren Stil machen diese Kurzgeschichten
zu einem gelungenen Gesamtwerk.«

Sarah Fuhrmeister, sarahs-buecherwelt.blogspot.ch

Zum Autor

Jean-Pascal Ansermoz wurde als Schweizer im September des Jahres 1974 in Dakar (Senegal) geboren. Anfang der Achtzigerjahre kam er in die Schweiz und besuchte einige Jahre in Basel die Schule, bevor er in Lausanne sein Studium in Angriff nahm. Er lebt als freischaffender Autor in Düdingen, bei Freiburg, in der Schweiz.

Mehr Infos unter: www.jeanpascalansermoz.ch

Jean-Pascal Ansermoz

Längts no zum Pressiere?

Geschichten aus Andersland

BOD

2. Auflage 2019
Copyright © 2013-2018 *Jean-Pascal Ansermoz*

ISBN 978-3-7494-0995-2

Lektorat: Christiane Kathmann, lektorat-kathmann.de
Umschlag & Satz: AZ Productions, Fribourg (CH)
Herstellung & Verlag: BoD-Books on Demand, Norderstedt
(D) Umschlagsmotiv: Dawn Hudson, prawny.me.uk

Die deutschen Originalausgaben erschienen 2013 bzw 2014
unter den Titeln »*Auf den Flügeln der Zeit*« und »*Längts no
zum Pressiere?*« beim Offizin Verlag GmbH, Zürich.

Die Deutsche Nationalbibliothek verzeichnet diese
Publikation in der Deutschen Nationalbibliografie;
detaillierte bibliografische Daten sind im Internet über
http://dnb.dnb.de abrufbar.

www.bod.de

Für Naïm Alexander

Soundtrack

Intro: Nähe 11
Vogel im Winter 13
Andersland 17
Ist es weit zu den Sternen? 23
Eine Liebesgeschichte 39
Ein Termin mit Georg 55
Why-Pod 61
Mir wird an nichts fehlen 69
Die Postkarten 81
Alleine zu zweit 93
Das weiss Gott allein 99
Bundeshaus im Schnee 109
Leere, die und das 113
Glückspost 119
Mann im Spiegel 125
Liebe ist keine Einbahnstrasse 129
Längts no zum Pressiere? 137
Früher war alles besser, heute auch nicht 141
Wie ein Ball 147
Rosinenbrötchen 157
Lichterkreise 163
Outro: Ich oder du 169

Nähe

bis zur sonne fahren, sagst du
dort wo es hell ist
und warm
zu hell schmerzt, meine ich
unterwegs noch tanken, sagst du
und dann
sich verfahren
irgendwo

wie kann ich lieben, fragst du
wenn liebe
weh tut?
unterwegs gefühle tanken
und dann
sich verfahren
irgendwo

aber das ist zu weit weg, meinst du
was denn, frage ich
die liebe, sagst du

Vogel im Winter

Kristalle auf den Fenstern verwehren die Sicht auf die Stadt. Engen die Welt ein. Seit Tagen schon wacht der Wind, dass die Äste an den Bäumen nicht nachgeben. Pfeift ihnen ein Lied von bitter und kalt.

Gehe jeden Tag trotzdem nach draußen. Brauche das. Nicht die Kälte bis in die Knochen und nicht die Stirn, die erfriert, nicht die Nase, die schon lange nicht mehr tropft. Nicht die Kälte. Aber das Gefühl, etwas getan zu haben. Gehe jedoch nun mittags. Es ist zwar nicht wirklich wärmer, aber wenigstens bin ich wach.

Bin der Einzige im Park. Eine Bank hat sich mit Schnee zugedeckt. Weißes Laken.

Die Wiese ist still, die Luft klar. Ich sehe die Kinder vor mir, die dem Ball nachgelaufen sind, als es noch warm war. Jeden Tag wurden sie

Weltmeister. Und danach haben sie ihren Durst an dem Brunnen gestillt, an dem ich nun vorbeigehe. Auch er hält still. Vermisse das sanfte Plätschern seiner Worte. Rede manchmal in Gedanken mit ihm. Ist wohl das Alter.

Ich gehe um das improvisierte Fußballfeld herum und denke nach. Warum fühlt sich das Leben so kompliziert an, wenn doch das Atmen doch so einfach ist?

Die gefrorene Erde vibriert. Zwei Pferde überholen mich, schieben weiße Wolken vor sich her. Sie entscheiden sich für den Weg durch den kleinen Forst. Ich nehme den anderen und überquere das Fußballfeld. Mir ist kalt. Will wieder heim.

Und dann sehe ich ihn.

Nicht mehr als ein Schatten im weißen Gewand. Trete näher. Der Vogel blickt mich an. Gehe in die Knie, hebe ihn vorsichtig auf. Er lässt es mit sich geschehen, zittert vor Kälte.

Mache einige Schritte und dann erinnere ich mich an die Katze. Ihn heimbringen ist keine gute Idee. Aber was tun?

Schaue mich um, sehe etwas weiter noch dampfende Pferdescheiße im Schnee.

Gibt warm, denke ich und platziere den Vogel darin. Muss ja nur schnell um die Ecke, nach Hause, ne Schachtel holen. Oder so was. Bin ja gleich zurück. Ein letzter Blick, der Vogel schaut mich immer noch an.

Dann bin ich weg.

Dann wieder zurück, einen Schuhkarton in der Hand. Doch keine Spur mehr vom Vogel. Hat ihm doch die Wärme neuen Lebensmut gegeben. Hat der doch angefangen zu singen. Hat ein wildes Tier doch irgendwie Hunger gehabt.

Bin ein bisschen traurig, habe die Moral der Geschichte aber verstanden:

Derjenige, der dich in die Scheiße setzt, will dir nicht unbedingt etwas Schlechtes.

Derjenige, der dich aus der Scheiße holt, nicht unbedingt etwas Gutes.

Und sitzt du einmal in der Scheiße, ist das Einzige, was du unter keinen Umständen machen solltest, singen.

Andersland

Ich muss zurück, haben sie gesagt.

Zurück ans Meer.

Aber mein Meer hat keinen Strand. Mein Meer ist voller Tränen.

Habe von wenig zu viel, haben sie gesagt und von vielem zu wenig. Kein Pass, kein Recht. Hier zu sein ist Gunst. Chancen stehen schlecht. Günstige Chancen gibt es nicht.

Aber dort sterbe ich, habe ich gesagt.

Aber sicher nicht, sagten sie. Und lächelten milde. Sie hatten Hunger, wollten essen gehen. Es war viertel vor zwölf.

Ich habe Hunger.

Ich will leben.

Seit Wochen bin ich unterwegs. Zu Fuß, im Auto. Habe alles gepackt, bevor ich ging. Mein Leben im

Rucksack. Habe extra noch viel Mut mitgenommen, denn die Reise ist lang. Jeden Tag zerre ich von diesem und ich spüre, dass er bald zu Ende geht. Selbst die Hoffnung bröckelt wie altes Brot. Wird zu Staub. Irgendwo in meinem Herzen sammle ich den. Er setzt sich in meinen Lungen fest. Habe manchmal Mühe zu atmen. Zerfallene Hoffnung tötet.

Ich nicke ihnen zu. Es ist fünf vor zwölf.

Sie lächeln milde und ich verstehe nicht. Bei mir ist Krieg und mein Meer färbt sich rot. Da gibt es keine Hotels für reiche Touristen mehr. Da gibt es nur Hass auf Menschen und Tiere in Uniform. Mein Meer ist ein Dschungel, meine Familie ist tot.

Sie sagen, sie würden es sich noch einmal überlegen. Sind verlegen, dass ich weine. Tränen aus dem Tal der Enttäuschung überwinden Berge des Stolzes. Ich habe fast keinen Mut mehr.

Es wird schon irgendwie gehen, meinen sie.

Und ich verstehe nicht, was sie sagen.

Es ist vier Uhr. Ich warte im Warmen. Draußen bläst derselbe Wind wie am Morgen. Er singt alte Lieder. Von Liebe und Abschied.

Ich warte nur noch auf das eine.

Sie konnte sich im Himmel verlieren, starrte ins Blau, bis ihre Augen die Farben wiedergaben, aus denen ihre Träume waren. Bei schönem Wetter strahlten sie in tiefem Blau, unterstrichen die Falten, die nur ein Lächeln hervorbringen konnte.

Sie wurden grau und tief wie ein See im Winter, wenn ihre Seele Erholung brauchte. Eine Pause. Nur einen Moment verlieren. Sie brauchte ihn danach nicht mehr zu finden. Ein Geschenk an das Leben. Ein stilles Atmen.

Ich sehe sie, wenn ich in den Himmel blicke. Und wenn ich den Blick senke, dann kommen die Tränen. Manchmal kann ich die Erde nicht vom Himmel unterscheiden. Dann habe ich das Gefühl, ich wanke. Für sie mache ich das, für sie werde ich es auch erreichen. Sie braucht eine Heimat. Aber keine zerstörte.

Es dauert etwas länger. Entschuldigendes Lächeln. Mittlerweile sind wir viele im selben Raum. Vorzimmer zum Paradies. Schleuse zwischen zwei Welten. Alle haben Träume und Hoffnungen. Manche so viele mehr als ich. Ich brauche nicht viel. Ich brauche nicht mehr viel. Es wird dauern, sagen sie und lächeln entschuldigend. Es gibt nicht mehr genug Zeit für alle.

Dann weisen sie uns in ein großes Haus. Es ist voller Geschichten. Es ist voller Menschen, die warten, denn es dauert länger. Die Zeit zieht mit ein und will nicht mehr gehen. Will nicht vergehen. Sie belächelt uns von der großen Uhr im Aufenthaltsraum. Es ist immer zehn Uhr morgens. Es ist immer sieben Uhr abends. Und sie spricht zu uns, sagt uns jede Sekunde, die wir älter werden. Unsere Hoffnung schläfrig, unsere Gedanken träge. Habe zu essen, ein Bett und ein schlechtes Gewissen jedes Mal, wenn ich in den Himmel blicke.

Und dann endlich. Sie rufen mich, fragen, wie es geht, sind alle frisch rasiert und haben auch ihren Kaffee schon getrunken. Es ist früh am Morgen. Ich spüre Zuversicht. Sie entschuldigen sich für die Zeit, die nicht vergehen will. Für das schlechte Gewissen auch. Und dann schenken sie mir ein Blatt Papier und ein zuversichtliches Lächeln.

Ich verstehe immer noch nicht.

Es geht in Ordnung, sagen sie. Wir machen ihnen einen Platz hier, sagen sie auch. Und es klingt unecht nach all der Zeit und es klingt, als dürfte man sich nicht zu früh freuen. Vielleicht nehmen sie mir ja das Papier wieder weg. Vielleicht ist das nur ein Scherz. Aber nein, sie schütteln mir die Hand und führen mich zur Tür. Es warten noch andere, sagen sie. Herzlichen Glückwunsch, sagen sie auch. Und dann stehe ich vor der Tür und es weht der gleiche Wind wie gestern. Und alles ist immer noch gleich. Die Straßen aufgeräumt und sauber, das Land still und schön. Und trotzdem ist alles plötzlich anders.

Ich schaue auf das Blatt in meiner Hand und kann nicht lesen, was darauf steht. Ich erinnere mich, was sie gesagt haben. Und endlich begreife ich und denke an sie, die den Himmel in ihren Augen trägt und mein Herz in ihren Händen.

Jetzt weiß ich, was Liebe heißt.
Es ist wie Heimat an einem fremden Ort.
Und es fühlt sich gut an.

Ist es weit zu den Sternen?

An jenem Abend kam er früher nach Hause als gewöhnlich. Der Aufzug funktionierte immer noch nicht und er mochte ihn deswegen noch weniger als sonst, weil es in seinem Alter immer schwieriger wurde, die vier Stockwerke zu Fuß zu erklimmen. Er lächelte vor sich hin. Seine Frau und sein Doktor sagten dasselbe: Er sollte sich nicht allzu sehr anstrengen. Deshalb legte er auch immer eine Pause in der zweiten Etage ein, um Atem zu schöpfen. Aber das hinderte ihn nicht daran zu rauchen, wenn seine Frau fort war (und Gott wusste, was für ein aktives Leben sie als Rentnerin führte!). Er gewährte sich auch ein Gläschen Rotwein hie und da, stets in Begleitung seiner Katze, die ihm diese Ausschweifungen noch nie übel genommen hatte, solange er sich dabei auch Zeit für sie nahm.

An diesem Abend kam er also früher von seinem täglichen Spaziergang nach Hause als gewöhnlich. Nicht zuletzt wegen der Kälte, die sich selbst den kleinen Park zu eigen gemacht hatte. Stufe um Stufe näherte er sich seiner Wohnung. Es hatte eine Zeit gegeben, da war die Bleibe im dritten Stock nicht bewohnt gewesen. Er entsann sich des vorherigen Mieters, der nach einem schweren Autounfall die Wohnung schweren Herzens hatte aufgeben müssen. Danach hatte sie leer gestanden. Das hatte sich erst kürzlich geändert, als eine alleinstehende Mutter und ihre siebenjährige Tochter eingezogen waren.

Werner hatte nie großen Kontakt zum vorherigen Mieter gehabt und doch vermisste er ihn. Diese neue Konstellation störte ihn irgendwie. Sie war ein Sinnbild für den Einbruch der aktuellen Welt, die er vorher gerne aus dem Gebäude ausgeschlossen hatte. Es gab mehr Lärm, laute Worte, moderne Musik. Ein Kommen und Gehen zu ganz unchristlichen Zeiten, wie er fand. Ein verkehrtes Leben eben. Zudem schien sich das Kind den ganzen Tag zu langweilen. Einfach schrecklich!

Die Mutter arbeitete bis spät abends und das Kind erzog sich selbst. In Werners Zeiten wäre das ein Ding der Unmöglichkeit gewesen. Anna hieß die Kleine. Das wusste er auch.

Wie fast jeden Tag war Anna selbst aufgestanden. Sie hatte sich im Bad vorbereitet um dann am leeren Esstisch ein Frühstück zu sich zu nehmen. Ihre Mutter hatte ihr eine kleine Nachricht da gelassen. Aber Worte waren so eine Sache. Sie machten ihr zwar Freude, konnten die Abwesenheit ihrer Mutter aber in keiner Weise kompensieren. Ohne großen Hunger frühstückte sie, nahm ihre Schultasche, die im Eingang stand, und machte sich auf den Schulweg durch bekannte Straßen, die mit den Geräuschen von stehenden Autokolonnen erwachten.

Ihr Weg führte sie dabei durch den kleinen Park und folgte dann ziemlich genau dem Bordstein der größten Arterie dieser großen Stadt. Der Himmel, sofern sie ihn wirklich sehen konnte, war klar und blau und das tröstete das Mädchen ein wenig.

Als die Schule zu Ende war, lief sie zur nächstbesten Telefonkabine, um ihre Mutter anzurufen. Sie wollte wissen, ob sie nun an der Schule auf sie warten sollte oder nicht. Aber die Nummer, die Anna auf einem kleinen, weißen Blatt immer bei sich trug, gab keine Antwort. Das Mädchen ließ sich deswegen nicht entmutigen. Sie machte aus ihrem Rückweg einen langen Spaziergang, hielt ab und zu inne, sah sich ein Schaufenster an oder schaute eine Weile bei den Bauarbeiten zu. Manchmal machte sie eine Pause im Park, wenn es wirklich schön war, und sah voller Freude den Hunden zu, welche die Stöcke ihrer Besitzer immer wieder zurückbrachten.

Nun aber fiel die große Eingangstür hinter ihr ins Schloss und eine leichte Traurigkeit machte sich in ihr bemerkbar. Sie kannte die Leere, die sie nun in der Wohnung erwartete, bis ihre Mutter heimkam. Manchmal war es bereits dunkel draußen, wenn sie endlich den Schlüssel im Schloss hörte. Manchmal schlief sie sogar alleine ein, wenn ihre Mutter bei einem ihrer *Freunde* übernachtete, wie sie Anna immer erzählte. Aber selbst ein siebenjähriges Mädchen ist nicht dumm und die Unruhe im Blick ihrer Mutter, während sie dies sagte, sprach Bände.

„Sie wird wieder anderswo übernachten", dachte Anna bei sich. *„Es ist meistens so, wenn sie nicht antwortet."*

Mit jedem Stockwerk wurde der Rucksack ihrer Einsamkeit schwerer. Als sie schließlich den dritten Stock erreichte, warf sie die Schultasche auf den Boden, lehnte sich mit dem Rücken an die Wand und ließ sich zu Boden gleiten. Ihre Art, mit ihren Gedanken fertig zu werden. Aber auch eine einfache Art und Weise, das Wiedersehen mit einer leeren Wohnung hinauszuzögern.

Werner erreichte den dritten Stock langsam, aber sicher, und sah Anna vor der geschlossenen Tür sitzen. Er hielt inne.

„Was machst du denn da?"

Anna antwortete nicht.

„Hast du keinen Schlüssel, um in eure Wohnung zu gelangen?"

Anna schaute ihn nur an, antwortete aber immer noch nicht.

„Und wo ist deine Mutter?"

„Bei einem ihrer Freunde." Ihre Stimme klang irgendwie falsch. Sie legte den Kopf auf ihre angewinkelten Knie und umfasste diese mit ihren Armen. Dann begann sie, leicht zu wippen.

„Und wann kommt sie denn wieder?", fragte der alte Mann.

„Ich weiß nicht." Anna hatte keine Lust mit jemandem zu reden. Verstand das denn niemand?

„Aber du kannst doch nicht hier im Flur bleiben, Kind!"

Werner dachte einen Augenblick nach. Er hatte auch Kinder, aber die waren jetzt erwachsen und lebten ihr eigenes Leben. Selbst ihre Besuche machten sich selten, aber das war nicht der springende Punkt. Diese neue Situation beunruhigte ihn und er wusste nicht, was er nun tun sollte.

„Und deine Mutter hat dir keinen Schlüssel für die Wohnung gegeben?", fragte er noch einmal nach.

Anna antwortete nicht, schaute zu Boden. Natürlich hatte sie den Schlüssel dabei, aber sie wollte nicht in die leere Wohnung zurück. Werner schüttelte den Kopf, als er die letzte Stufe nahm, die ihn noch vom Flur trennte. Er nahm die ersten paar Stufen, die zum vierten Stock führten, hielt dann jedoch inne und drehte sich zu dem Mädchen um.

„Kommst du? Ich kann dich nicht hier allein lassen. Komm hoch, du kannst bei uns auf deine Mutter warten." Sprach's und nahm die nächste Stufe in Angriff. So sah er das Lächeln nicht, das über Annas Gesicht huschte, als sie schnell nach der Schultasche griff und dem alten Mann in den vierten Stock folgte.

Die Wohnung war auch still und menschenleer. Es ging von ihr aber ein Parfüm von gelebten Momenten und schönen Erinnerungen aus, das oftmals in den Wohnungen älterer Personen anzutreffen ist. Anna war sofort beeindruckt. Überall standen Sachen, die sie zum Träumen verleiteten. Ein Kinderparadies. Eine Weltkugel aus Holz, Kamele aus Stroh und ein großer Buddha, welcher sie lächelnd empfing. Annas Augen leuchteten, als sie den Rundgang machte. Werner wusste nicht richtig, wie er das handhaben sollte. Er wollte ihr nicht verbieten, die Sachen zu berühren, aber er sagte trotzdem, bevor er in die Küche ging: „Bitte nichts anfassen."

Als er mit einem Glas Orangensaft zurückkam, fand er Anna vor dem Fernrohr wieder, welches er am selben Morgen aus dem Schrank genommen hatte. Vor ihnen lag die Nacht der Sternschnuppen, wenn man dem Radiosprecher von heute Morgen Glauben schenkte. Werner wollte sich dieses Ereignis nicht entgehen lassen, auch wenn er dafür bis zum Morgengrauen ausharren musste. Das Universum war für ihn gleichbedeutend mit der Unendlichkeit und den unbegrenzten Möglichkeiten dieses Lebens. Er liebte die Weite des Himmels. Im alltäglichen Leben fühlte er sich eher eingeengt, zumal er oftmals die Worte nicht fand, für das, was er fühlte. Glaubte er einmal, etwas Interessantes zu wissen, dann wurde er nervös und die Worte kamen ihm abhanden. Häufig passierte ihm das bei fremden Personen. Kam aber jemand auf eines seiner Interessengebiete zu sprechen, legte er wie durch ein Wunder seine Hemmungen ab. Die Worte flossen dann wie Wassertropfen in einem Fluss, die zum ersten Mal in ihrem Dasein das ferne Meer erblicken. Die Ideen kamen dann mit solcher Vielfältigkeit, dass er nicht mehr wusste, über welche er zuerst reden sollte.

„Wofür ist das?" Fragende Augen blickten den alten Mann an.

„Du weißt nicht, was das ist?"

Anna schüttelte den Kopf, bis ihre Zöpfe ihre Nase kitzelten.

„Das ist ein Fernrohr", sagte Werner stolz. „Und das braucht man, wenn man die Sterne beobachten will."

„Sterne?", fragte das Mädchen.

„Sag nur nicht, du weißt nicht, was Sterne sind!"

Anna lächelte ihn unschuldig an. Natürlich wusste sie, was ein Stern war. Aber seitdem sich ihr Vater und ihre Mutter getrennt hatten und sie in diese neue Wohnung im dritten Stock gezogen war, hatte sie keinen mehr gesehen. In dieser Stadt herrschte immer Licht. Bei Nacht konnte man den Himmel nur an sehr wenigen Orten sehen. Als sie noch auf dem Land gewohnt hatte, war das anders gewesen. Sie hatte es damals geliebt, aus dem Fenster zu schauen, und die hellen Lichter am Firmament zu betrachten, wenn die Schlaflosigkeit sie wieder einmal besuchte.

„Natürlich weiß ich, was ein Stern ist. Was glaubst du eigentlich?"

Ihre Antwort ließ ein Lächeln auf Werners Gesicht erscheinen. Der alte Mann war eine solch jugendliche Empörung nicht mehr gewohnt. Sie weckte auch Erinnerungen in ihm.

„Oh Pardon, entschuldigen Sie, kleines Fräulein!", neckte er sie.

„Sag, wie heißt du eigentlich?", wollte das Mädchen wissen.

„Ich heiße Werner und du bist ein neugieriges Mädchen!"

„Was bedeutet *neugierig*?"

„Das sagt man, wenn jemand immer mehr wissen will."

„Ist das schlecht?"

„Sicher nicht! Im Gegenteil!" Der alte Mann schüttelte entschieden den Kopf.

„Das sagt meine Mutter auch. Sie sagt, man solle das machen, was man will in seinem Leben, denn es ist kurz. Eines Tages hat mein Vater meiner Mutter gesagt, sie solle sich um ihre Sachen kümmern und aufhören, überall nachzufragen.

Aber man muss ja fragen, wenn man neugierig ist, nicht wahr? Meine Mutter ist wie ich!"

Stolz blickte sie Werner an, der eine plötzliche innere Fröhlichkeit vor dem Mädchen verbergen musste. Sie glaubte an ihre Worte. Das sah man ihr an.

Erst jetzt bemerkte Anna das Glas Orangensaft in seiner Hand. Sie nahm es und sagte voller Genugtuung: „Danke!"

Werner setzte sich in den großen, braunen Sessel, während das Mädchen wieder das Fernrohr inspizierte.

„Meine Mutter sagt auch, dass Personen, die ein Fernrohr brauchen, nicht sehr weitsichtig sind. Sie sagt, mein Vater wäre so jemand, weil er oft einen Feldstecher brauchte, um aus dem Fenster zu sehen. Das machte meine Mutter so zornig, dass er eines Tages gehen musste. Und du, trägst du auch eine Brille?"

„Ja, manchmal."

„Also fehlt dir nicht nur der weite Blick, du hast auch Mühe nah zu sehen", argumentierte sie in einem entschlossenen, fast nicht mehr kindlichen Ton.

„Aber weißt du, man kann nicht alles in dieser Welt sehen. Unsere Augen zeigen uns, was sie uns zeigen wollen. Schau, der Abend senkt sich langsam über die Stadt. Es dunkelt schon ..."

Die ersten Anzeichen der Nacht legten einen Schleier auf das helle Licht des Tages. Sterne erschienen.

„Ist es weit zu den Sternen?", fragte sie plötzlich.

„Oh ja, die Sterne sind sehr weit weg. Die Sonne zum Beispiel, die unserer Erde am nächsten ist, befindet sich etwa 500 Millionen Kilometer von hier entfernt. Es bräuchte 131 Jahre, um mit einem Auto zu ihr zu gelangen."

Anna warf einen prüfenden Blick auf den farbenfrohen Himmel. Sie schien überrascht.

„Jeder Stern gehört zum Universum", fuhr der alte Mann fort. „Und das Universum ist auch sehr groß. Es ist wie mit der Fantasie. Auch ihr sind keine Grenzen gesetzt. Und es braucht große Fantasie, um die fantastische Größe des Universums auch nur zu erahnen. Denn am Anfang war da überhaupt kein Universum."

Das Mädchen hatte genug gesehen und setzte sich nun neben Werners Sessel auf die Couch.

Irgendetwas beschäftigte sie. Wie sollte sie sich das vorstellen, dass eines schönen Tages (aber vielleicht hatte es ja auch geregnet an jenem Tag?!) aus einem *Nichts* ein *Alles* wurde?

„Das hört sich nach meiner Mutter an. Die erzählt auch so was", sagte sie schließlich. „Sie sagt auch immer, sie habe mit nichts angefangen und sei nur mühsam zu dem geworden, was sie heute ist. Und dass ich stolz darauf sein kann!"

„Ja, es hat auch etwas mit dem zu tun ..." Werner musste lachen. „Nachdem wir lange gemeint haben, wir seien das Zentrum des Universums, hat der Kosmos uns eines Besseren belehrt! Die Erde verliert sich immer mehr in dieser Unendlichkeit. Sie ist auf dem falschen Weg sozusagen und jemand hat die Verkehrsschilder weggenommen."

„Wieso würde jemand so etwas tun?"

„Um uns die Wahrheit zu verstecken."

„Welche Wahrheit denn?"

„Unser Universum wächst unaufhörlich weiter."

Werner genoss das Fragezeichen, das sich bei seinen Worten auf der Stirn des Mädchens bildete.

„Na und? Ich werde auch jeden Tag ein wenig größer."

„Verstehst du denn nicht? Wenn unser Kosmos unaufhörlich wächst, ist das ein Glück! Denn das bedeutet, dass er einst viel kleiner war. Ja sogar ganz winzig."

„Ich war auch ganz, ganz klein, als ich jung war!" Anna wirkte ein bisschen beleidigt. Vielleicht auch deshalb, weil sie nicht die Hälfte von dem verstand, was der alte Mann ihr da erzählte.

„Darum müssen wir die Sterne beobachten. Denn was ihnen geschieht, kann auch uns passieren. Und vielleicht geben sie uns eines Tages die Möglichkeit zu wissen, woher wir kommen und warum wir hier sind." Er machte eine Pause und suchte nach einem Vergleich, um seinen Standpunkt klarer auszudrücken: „Das ist, wie wenn du deine Mutter ansiehst und du merkst, dass sie traurig ist. Dann bist du traurig für sie und du fragst sie sicherlich, was sie so bedrückt. Während sie dir erklärt, warum sie traurig ist, teilt sie die Empfindung mit dir, fühlt sich deshalb nicht mehr so allein und wird ganz bestimmt auch weniger traurig."

„Es gibt also viel mehr Sterne, als wir sehen können?"

„Genau. Es gibt Milliarden davon. Ganze Galaxien. Und das alles inmitten von Nichts. Wir sind nur eine Handvoll Menschen auf einem blauen Planeten."

„Dann sind wir auch nie allein?"

„Nie! Es gibt immer irgendwo jemand, der durch ein Fernrohr blickt und dieselben Sterne sieht, die deine Einsamkeit teilen. Du siehst, es ist gar nicht schlecht, ein Fernrohr und eine Brille zu besitzen!"

Als Anna Werner an diesem Abend verließ, hatte der Himmel eine ganz neue Bedeutung für sie gewonnen. Er erschien ihr viel größer als je vermutet. Wieder in ihrer Wohnung warf sie die Schultasche am Eingang in eine Ecke, wie sie es immer tat. Dann ging sie in ihr Zimmer und öffnete die Fenster. Anna versuchte, den Himmel zu beobachten, um eine Sternschnuppe zu sehen. Auch darüber hatten sie gesprochen und über den Wunsch, den sie dabei im Kopf formulieren durfte, und der sicherlich der Sterne wegen in Erfüllung gehen würde.

Der nahezu runde Mond sah auf sie herab.

Und je mehr sie ihn anblickte, desto mehr überkam sie das Gefühl, dass seine Oberfläche die Züge eines Gesichts trug. Schließlich war sie vollkommen davon überzeugt, dass der Mond ein Gesicht hatte. Sie sah nun ganz genau den Mund, die Nase, die Augen. Und er lächelte ihr zu! Werner hatte also recht gehabt, als er sagte, es gäbe nichts Größeres als das Universum!

Abgesehen vielleicht von der kindlichen Fantasie!

Eine Liebesgeschichte

Als der Beamte ihn an diesem Tag anhielt, fuhr er mit überhöhter Geschwindigkeit. Um es anders auszudrücken: Er fuhr viel zu schnell. Auf die Ansprache des Polizisten hin gab er dies auch zu.

„Ja", sagte er. „Ich fuhr einiges zu schnell."

„Ich muss ihnen leider ihren Führerschein deswegen entziehen."

„Tun sie, was sie müssen."

„Sie scheinen nicht sonderlich davon berührt zu sein."

„Im Gegenteil, im Gegenteil."

„Sie sind sich doch bewusst, dass ihr Wagen bei einer solchen Geschwindigkeit als sehr gefährlich eingestuft werden muss."

„Das tut mir leid."

Er sah, wie der Führerschein in den Händen des Beamten verschwand.

Das Auto blieb vor Ort, die Schlüssel dazu ebenfalls. Andreas ging zu Fuß heim, zumindest bis zur nächsten Bushaltestelle.

„Waaaas hast du?!" Die Stimme Sophies lag am Rande einer melodischen Implosion. Sie war, um es milde auszudrücken, zornig. „Was ist denn durch dein kleines Hirn gefahren? Und was machen wir jetzt?!"

Nun musste er warten, bis sie ihn vor den Richter luden, denn er hatte bereits eine ansehnliche Anzahl Punkte in Flensburg. Es war ja auch nicht das erste Mal, dass er in den letzten zwei Wochen angehalten worden war.

„Was soll ich nun tun?" Ihre Stimme klang nicht nur anklagend, sondern ziemlich frustriert.

Andreas sah sie an, wagte es jedoch nicht, ihr zu sagen, sie könne ja nun den Bus nehmen. Er spürte ihre Wut, hörte ihre Verzweiflung und kam weder gegen das Eine noch gegen das Andere mit Worten an. Er liebte sie. Er liebte sie vielleicht zu sehr, seine Sophie.

Man konnte sagen, was man wollte: Kein Auto mehr zu besitzen, war alles andere als angenehm, aber eines Tages musste es ja dazu kommen. Mit den öffentlichen Verkehrsmitteln zur Arbeit zu gehen, war ein wenig kompliziert. Er musste von nun an zweimal umsteigen und zeitweise mehrere Minuten auf den Anschluss warten. Das kostete Andreas nebst Sophies Empörung eine halbe Stunde Schlaf jeden Morgen. Und das im Herbst. Den Regen hatte er eigentlich noch nie gemocht.

Auf dem Balkon sah er Sophies missmutiges Gesicht, als sie sich eine Zigarette anzündete und sich dafür wegen des leichten Windes zu ihm hindrehte. Den Rauch ihres ersten Zuges sah er schon wieder nicht mehr aus ihrem Mund kommen. Alles war gesagt. Aber innerlich fühlte er sich trotzdem irgendwie erleichtert. War er ehrlich zu sich selber, brauchte es sehr viel, bis er in einer gegebenen Situation reagierte. Oftmals fehlte ihm der Mut, Nein zu sagen. Dann sagte er einfach Ja und verriet sich selbst.

Wie in diesem Augenblick. Er hätte ihr sagen müssen, dass ihm ihre Ausbrüche bisweilen egal waren. Dass ihre Art, andere zu benutzen, ihn nicht mehr berührte. Dass das alles eigentlich für ihn keine wirkliche Bedeutung mehr hatte.

Es war nun mal geschehen. Punkt und Schluss.

Erneut sagte er jedoch kein Wort und ertrug ihr ärgerliches Schweigen mit der Hilflosigkeit eines Kindes bis zum nächsten Morgen.

Einige Tage später brachte ihm der Briefträger die erwartete Vorladung. Es sah so aus, als wäre der Richter eine viel beschäftigte Person. Zwischen dem Brief und dem Tag, an welchem er vorsprechen musste, lagen mehrere Monate.

Das Schreiben gab jedoch Sophie die Gelegenheit, erneut von seiner Unfähigkeit zu reden: „Siehst du! Ich muss mich jetzt anders organisieren wegen dir!"

„Wie das, anders organisieren?" Andreas wusste, was sie damit meinte, konnte sich die Bemerkung aber nicht verkneifen.

„Meine Abendkurse kann ich mir nun abschreiben."

Betreten blickte er zum Fenster hinaus, behielt seine Gedanken auch diesmal für sich.

„Da sagst du nichts mehr, was? Nicht einmal eine Entschuldigung höre ich!" Ihr Ton war anklagend, wie immer.

Andreas machte es sich in seinem Schweigen gemütlich und starrte auf den Boden. Gereizt stand Sophie auf und ging auf den Balkon, um eine Zigarette zu rauchen. Das war ihr Zufluchtsort – nicht der Balkon – die Zigaretten.

Und Sophie besaß keinen Führerschein.

Andreas bezahlte den Angestellten in bar, der ihm einige Tage später den Wagen wieder brachte. Die Polizei hatte angeordnet, man solle dem Fahrzeug einmal gründlich auf den Zahn fühlen und dieses dann gegen Rechnung dem Besitzer wieder ausliefern. Ohne mit der Wimper zu zucken, bezahlte er, was er schuldig war.

Der Mechaniker lächelte verlegen.

„Machen Sie sich keine Sorgen", sagte er betreten. „Es gab ja zum Glück keine Verletzten. Und Ihr Auto ist auch in Ordnung. Habe noch extra den Innenteil gesaugt. Dachte, wenn der Wagen nun einige Zeit nicht mehr benutzt wird ..."

„Danke."

Der Mann schüttelte ihm die Hand und ging. Andreas sah ihn in einem anderen Fahrzeug Platz nehmen, wo noch eine weitere blaue Latzhose saß. Dann waren sie weg. Sein Auto stand gleich vor dem Haus wo er es stehen lassen konnte. Der Mechaniker hatte, ohne es zu wissen, einen Parkplatz ausgesucht, der für die Bewohner des Hausblocks bestimmt war. Trotzdem zog er eine Jacke über und ging nachschauen. Er öffnete die Tür auf der Fahrerseite, schaute schnell auf den Rücksitz, dann glitt sein Blick über das Armaturenbrett. Es roch nach Fensterputzmittel und einem Hauch von Motoröl.

Zuerst hatte er Sophie für ihren Vornamen geliebt. Dann für ihre Kühnheit. Schließlich auch für ihre Fähigkeit, alles in Schwarz und Weiß zu sehen. Es gab bei ihr keine grauen Zonen. Sie hatte ihn mit dem Enthusiasmus ihrer Sehnsucht und dieser Sicherheit, mit welcher sie alles in ihrem Leben anpackte, erobert. Andreas bewunderte vor allem die Energie, mit welcher sie immer wieder handelte. Alles oder nichts eben. Er brauchte oftmals mehr Zeit, um sich aus seiner selbst gewählten Bequemlichkeit zu lösen.

Sehr schnell hatte er jedoch feststellen müssen, dass Sophie hinter ihrer spontanen Art eine fehlende Anpassungsfähigkeit versteckte. Es begann an jenem Tag, an dem er einen neuen Verantwortungsposten akzeptierte und schließlich deswegen nicht mehr allzu oft zu Hause war. Sie hatte sich nach seiner ersten Arbeitswoche bereits verlassen gefühlt. Das Warten schien ihr überhaupt nicht zu behagen. So kam es an einem Freitag-abend zu einer ersten Auseinandersetzung.

„Du liebst mich nicht mehr!"

Die Bemerkung war explodiert, noch bevor er die Eingangstür hatte hinter sich schließen können. Sie blickte ihn dabei direkt an. Keine Möglichkeit mehr, ihrer Gefühlsregung auszuweichen. Trotzdem hatte er sich die Zeit genommen, die Schlüssel abzulegen, sich seiner Schuhe zu entledigen und seinen Mantel aufzuhängen.

„Wieso denkst du das?"

„Du siehst mich nicht mehr mit denselben Augen an."

„Ich glaube …"

Doch sie ließ ihm nicht die Möglichkeit, seinen Satz zu Ende zu bringen.

„Ausflüchte, Ausflüchte, immer nur Ausflüchte!"

Er sah sie auf den Balkon hinaustreten. Die Einsamkeit blieb bei ihm stehen, grinste und hatte ihn seitdem nicht mehr verlassen.

Auch deswegen hatte er damit angefangen, ihren kleinen Wünschen zu entsprechen. Oftmals auch, wenn ihm nicht danach zumute war. Mehrfach verließ er die Wohnung noch spät am Abend, um ihr Zigaretten zu holen, obwohl er nicht rauchte. Oder er spielte Taxi, wenn sie ihren Bus verpasste. Oder er ging einkaufen, da sie keine Zeit gefunden hatte, in einem Laden vorbeizuschauen. Und all die Zeit wartete er darauf, dass sie es ihm dankte.

Das ging schon seit Monaten so.

Und dann bemerkte er Folgendes: Je mehr er tat, umso größer wurden ihre Wünsche. Und je mehr er tat, desto weniger Respekt schien sie ihm entgegenzubringen.

„Du könntest ein wenig mit der Asche deiner Zigaretten aufpassen, ich habe eben die Wohnung gereinigt!"

Doch sie blickte sich nur ein wenig um. Sophie saß auf der Couch und hatte sich nicht einmal die Mühe gegeben, ihre Schuhe beim Eintreten in die Wohnung auszuziehen.

„Ach ja?", sagte sie schließlich und drückte den Zigarettenstummel im Aschenbecher aus.

Auch ertrug sie es nicht mehr, wenn sie das Gefühl hatte, dass er ihr nicht vertraute.

„War dein Abend schön?"

Sie kam eben von einem ihrer Ausgänge heim. Dem Wecker nach zu urteilen, war es zwei Uhr morgens. Er hatte Mühe gehabt, einzuschlafen. Er hatte große Mühe, ohne sie einzuschlafen.

Als einzige Antwort warf sie ihre Stiefel in eine Zimmerecke und ging ins Badezimmer. Er hörte, wie sie in die Dusche stieg. Da er einen gewissen inneren Drang verspürte, stand er auf und setzte sich auf die Toilette.

„Hattest du einen schönen Abend?", fragte er erneut.

„Ja, wir haben viel gelacht."

„Wart ihr viele?"

„Ja, gute zehn."

„Und was habt ihr unternommen?"

Ein nasses Gesicht erschien, auf welchem die Schminke sich langsam in schwarzen Bahnen zu verflüchtigen begann.

„Willst du mich kontrollieren oder was?", herrschte sie ihn an.

„Nein, ich vertraue dir. Das weißt du doch, oder?"

„So so ..."

Der Kopf verschwand wieder hinter dem Duschvorhang.

„Ich habe nur kein Vertrauen in die anderen", fügte Andreas in seinem Kopf hinzu, wagte es aber nicht, den Satz auszusprechen.

Trotz allem liebte Andreas seine Sophie. Er fühlte sich für ihre Liebe verantwortlich und tat alles ihm Mögliche, um diese zu schützen. Auch wenn er manchmal mehr als das Nötige ertragen musste. Er versuchte immer häufiger, Krisensituationen und Missverständnissen aus dem Weg zu gehen.

Er begann damit, nie mehr Nein zu sagen.

„Und wieso fuhren Sie zu schnell?"

Der Richter blickte Andreas über die Fassung seiner Brille an, als er ihm diese Frage stellte. Andreas sah, wie sich dabei seine rechte Augenbraue leicht anhob.

„Aus Liebe."

„Aus Liebe?" Der Richter legte das Blatt hin, welches er in den Händen hielt, und sah ihn aufmerksam an.

„Ja, aus Liebe zur Liebe."

„Welche Liebe?"

„Unsere Liebe."

„Seien Sie ein wenig ausführlicher. Ich fürchte, ich kann Ihnen nicht folgen."

Andreas erinnerte sich an einen leichten Luftzug, der die Blätter der Bäume im Park sanft streichelte, dabei jedoch nur wenig Bewegung in sie brachte. Erneut hatte er es nicht übers Herz gebracht, Nein zu sagen, und hatte sie in die Stadt gefahren. Und auch diesmal wusste er mit der Wartezeit nichts anzufangen.

Wie die leere Bierdose, die auf dem kleinen Weiher vor ihm schwamm. Sie hatte sicherlich das gleiche Problem wie er. Sie wusste auch nicht, welchem Wind sie sich anvertrauen sollte, und hatte sich für das Schilf entschieden. Die sachte Strömung trieb sie ein wenig aus dessen Schatten und brachte sie dann sanft wieder zurück. Irgendwo schüttete ein Radio eine kitschige Popmelodie aus. Ein Lied, das von einer sterbenden Liebe erzählte.

Im Rückblick wusste er nicht, ob vielleicht dieses Fragment ihn zu der Entscheidung bewogen hatte oder nicht. Tatsache war, dass Andreas, auf dieser Bank, in dieser ihm bekannten Umgebung, mit dieser sachten Brise und dem sonnigen Himmel plötzlich gewusst hatte, was ihm zu tun blieb. Es war nur allzu offensichtlich.

Wieder auf dem Weg zu seinem Auto hatte er leise vor sich hin gepfiffen, ohne sich dessen überhaupt bewusst zu sein.

„Lassen Sie uns diese Geschichte zusammenfassen."

Der Richter sah ihn erneut über den Rand seiner Brille an, bevor er seinen Blick auf das vor ihm liegende Protokoll senkte, das ihm der Sekretär einige Sekunden zuvor gegeben hatte.

„Sie sind Andreas Schäfer. Sie wohnen in der Franz-Schubert-Straße und Sie sind kaufmännischer Angestellter."

„Ja, Euer Ehren."

„Sie wurden wegen eines Verkehrsdeliktes am Abend des 22. März dieses Jahres durch den Beamten Müller angehalten."

„Richtig."

„Sie werden des Geschwindigkeitsübertritts innerorts angeklagt. Da Sie die festgestellte Straftat nicht abstreiten und in Anbetracht der bereits vorhandenen Punkte in Flensburg, verurteile ich Sie hierdurch zum achtmonatigen Entzug Ihres Führerscheins. Haben Sie noch etwas anzumerken, Herr Schäfer?"

Andreas spürte den Ausdruck von Unverständnis im Blick des Richters auf sich ruhen.

„Nein, Euer Ehren."

„Das Urteil ist somit rechtskräftig, die Sitzung beendet, die Kosten zu Ihren Lasten."

Der kleine Hammer des Richters traf den Tisch vor ihm und beendete die Vorladung in einem klopfenden Finale.

Andreas stand auf, legte seine Jacke an und wollte schon den Saal verlassen, als ihn der Richter noch einmal zu sich rief. Der Beamte lehnte sich ein wenig über den Tisch und fragte mit leiser Stimme:

„Wieso?"

Andreas blickte ihn einen Augenblick an, bevor er antwortete: „Ich hatte es satt, sie in die Stadt fahren zu müssen."

„Ihre Frau?"

„Ja. Ich wollte einfach keine Auseinandersetzung mehr deswegen."

Er biss sich auf die Lippen, als hätte er eben ein Wort zu viel gesprochen. Dann fügte er mit leiser Stimme hinzu: „Es bleibt mir nun nur noch die richtige Art zu finden, wie ich ihr das Urteil beibringen soll."

Der Richter nickte nur. Trotzdem hatte Andreas einen Augenblick das Gefühl, als würde ein Lächeln über das Gesicht des Beamten gleiten.

Dann sah er ihn ein anderes Blatt zur Hand nehmen und hörte ihn mit bestimmter Stimme sagen: „Der Nächste bitte!"

Ein Termin mit Georg

In der Stille des Abteils klingelt ein Mobiltelefon.

Die Musikalität des Objektes sieht dem Auftreten seiner Besitzerin ähnlich: egozentrisch und farblos.

Sie erkennt die Melodie und beginnt, in ihrer Tasche herumzuwühlen. Schließlich findet sie ihr Telefon, welches immer noch klingelnd die Stille vertreibt. Sie begutachtet den Bildschirm eine Sekunde zu lang, um nur drauf zu schauen, und einen Augenblick zu kurz, um wirklich behaupten zu können, dass sie sich etwas überlegen muss. In ihrem Ausdruck schwingt jedenfalls etwas Quallenartiges mit.

Ich habe bewusst das Wort *Qualle* gewählt, denn in der Szene liegt etwas Fischiges: Auf der einen Seite ist da der Gesichtsausdruck der Frau, die den melodiösen Anruf in ihren Händen hält, in welchem eine freudige Überraschung zu lesen ist.

In einem Aquarium hätte sie zu diesem Zeitpunkt mit Sicherheit große Luftblasen produziert, die an der Oberfläche ihrer Erwartungen zerplatzt wären.

Auf der anderen Seite die Niedergeschlagenheit ihres Nachbarn, der anscheinend ihren musikalischen Geschmack nicht unbedingt teilt. In einem Aquarium hätte er sich wahrscheinlich irgendwo in den Pflanzen verkrochen, um nicht mehr gesehen zu werden[1].

Das Telefon klingelt immer noch. Ihre Augen stellen eine absolut wesentliche Frage: Aber wer ist denn dran? Und plötzlich runzelt sie die Stirn. Es erscheint ein großes Fragezeichen in ihren Zügen, während ihr Nachbar zu einer französisch grammatikalischen Perfektion ausholt: *Accent aigu* (´) und *Accent grave* (`) für die Augenbrauen und *Circonflexe* (^) für die Lippen.

Beide scheinen überrascht von so viel geteilter Aufmerksamkeit. Aber wer wagt, es diese einsame Zweisamkeit in einem solchen Moment zu stören?

---

[1] *Die Qualle symbolisiert ein Gefühl, das aus dem Unbewußten aufsteigt und sehr schmerzhaft sein kann. Versinnbildlicht ein starkes Gefühl der Verunsicherung — man weiß nicht und kann auch nicht einschätzen, von welchen (nicht erkennbaren) Gefahren man umgeben ist.*

Endlich entscheidet sie sich, drückt auf einen Knopf, führt das Telefon ans Ohr. Ein Lächeln erscheint auf ihrem Gesicht.

„Hallo?"

Ihre Stimme ist zierlich, ein wenig zögernd. Man kann ja nie wissen. Manchmal ist der auf dem Bildschirm zu Sehende nicht derjenige, welcher auch effektiv am Apparat Antwort geben wird. Vorsicht ist die Mutter der Telekommunikationskiste!

Ein schneller Seitenblick, um sich zu vergewissern, dass sie immer noch die ganze Aufmerksamkeit ihres Nachbarn hat. Dann sucht ihr Blick einen Halt draußen.

Die Spannung steigt, als sie mit großer Überraschung in der Stimme Antwort gibt:

„Georg! Schon sooooo lange nichts mehr von dir gehört! Wo bist du?"

Und ein Schweigen, welches ihr wiederum zeigt, dass sie alle Ohren für sich hat. Sogar die ältere Dame vor mir hat aufgehört zu lesen.

„Ich denke auch oft an dich."

Jetzt wird es interessant! Der *Circonflexe* wird sanfter. Blickaustausch, dann wandern ihre Augen wieder nach draußen.

„Was haben wir denn für einen Tag heute? Bereits Mittwoch? Die Zeit vergeht sooooo schnell ... heute Abend kann ich nicht ... morgen? Ich glaube da habe ich schon etwas vor ... kleinen Moment bitte."

Nun darf ihr Nachbar den Inhalt der großen Handtasche in Augenschein nehmen. Die Quallenfrau klemmt sich das Mobiltelefon nämlich zwischen Ohr und Schulter und beginnt einen Gegenstand nach dem anderen herauszuholen.

In dieser Weise werden ihm Schminkartikeln und Lippenstifte vor Augen gehalten, eine Sonnenbrille, Quittungen und Kassenbelege, eine große, schwarze Geldbörse und einen noch größeren Terminplaner. Vom laufenden Jahr, das zeigt die große Zahl, die darauf steht.

Einmal die Tasche wieder zwischen ihren Füßen, den Terminkalender und den dazu passenden Kugelschreiber auf ihren Knien, kontrolliert sie, ob Georg immer noch da ist.

„Georg, bist du da?", fragt sie behutsam.

Anscheinend wartet er schon etwas länger auf sie, als diese wenigen Augenblicke am Telefon.

„Nein, diese Woche kann ich nicht. Wie wär's mit nächster?"

Stirnrunzeln. Sie konzentriert sich. Ein Termin mit Georg ist wichtig!

„Ja, nächste Woche am Montag gehe ich mit Helena aus. Am Dienstag ist ein Abendessen mit meinem Chef und einigen Kunden geplant und am Donnerstag hab ich auch was ... aber ansonsten ... obwohl ... ich werde das Gefühl nicht los, dass ich etwas vergesse!"

Ruhe, man hört zu.

„Freitag wäre in Ordnung? Nun ja ... *(künstlerische Pause)* Nein, das geht auch nicht! Ich habe Waschtag. Jetzt erinnere ich mich daran. Am besten, ich schreibe es mir gleich auf."

Gesagt getan, sie kritzelt etwas in das große Buch der Termine.

„Und danach, am Abend, gehe ich ins Yoga mit Caroline ... Hatte ich dir das nicht gesagt? Ich mache jetzt Yoga. Das gibt mir Energie, nimmt den Stress von mir und gibt mir mein natürliches Gleichgewicht wieder ..."

Ein kleiner Blick in die Runde, alle hören zu.

„Nun, Mittwochabend? Also gut ... aber nicht zu spät ... ich bin seeeehr müde zurzeit und brauche meinen Schlaf. Welche Zeit? Um sieben? Okay ... war schön von dir zu hören. Ja, ja du auch ... danke ... bis bald ... freu mich auch ... Tschüsschen ...“

Vage, verträumte Augen schauen in die nicht vorhandene Ferne. Die Handtasche steht auf dem Boden zwischen den Beinen, das Mobiltelefon liegt in der rechten Hand, während sie mit der linken den Stift und den Terminplaner auf ihren Knien im Gleichgewicht hält.

Für einen kleinen Augenblick passiert gar nichts.

An der nächsten Haltestelle verlässt sie die Bahn. Als sie aufsteht, öffnet sich ihr Mantel ein klein wenig. Sie trägt einen schwarzen, engen Pullover darunter, auf dem in weißen Buchstaben das Wort FREEDOM zu lesen ist.

Freiheit.

Für einen kurzen Augenblick.

Why-Pod

„Und warum hast du keinen, Opa?"

Ja, warum eigentlich?

Der Kleine hatte dunkel umrandete Augen und sah aus, als wäre er einer Kinoleinwand entsprungen. Ganz in Schwarz gekleidet, mit silbernen Ketten, die ihm fast bis zum Bauchnabel reichten. Das Übliche: große Kreuze, Sterne, Totenköpfe und die schwarze Sonnenbrille, die er neben sein Dingsda auf den Tisch legte. Doch Opa verbiss sich eine Bemerkung. Irgendwie roch es plötzlich ein wenig nach Knoblauch und ungelüfteten Zimmern, äh, Entschuldigung, Gruften.

„War Kebab essen", meinte der Junge nur dazu.

Ach so, ja.

„Nun, warum?", fragte er dann ungeduldig.

Früher durfte man erklären, warum man etwas gekauft hatte. Heute musste man erklären, warum man etwas nicht gekauft hatte. Opa räusperte sich und bekam durch die an ihren Tisch tretende Bedienung eine zusätzliche Zeitspanne, um über die Frage nachzudenken.

Ja, warum denn eigentlich?

„Einen Kaffee bitte."

„Ich nehm 'ne Spezi ohne Eis."

Die Kellnerin lächelte dankend und verzog sich in Richtung Küche.

„Das ist also das Modell, über das man in jeder Zeitschrift lesen kann", lenkte Opa vom eigentlichen Thema ab. Der Kleine strahlte übers ganze Gesicht und sah das kleine, schwarze Etwas auf der großen Tischoberfläche fast zärtlich an. Es antwortete ihm mit einem grünen Licht, das an seinem oberen Ende blinkte. Wie schön! Das Ding zeigte menschliche Regungen! Der Junge nickte bedächtig, bevor er antwortete: „Jep, das ist er! Ganze fünfzehn Giga intern, Wehlan, Rileischonpruufd und alles drum und dran."

„Und damit kannst du also alles machen?"

Wieder nickte der Junge bedächtig. „Natürlich."

Das Ding fing nun an, Rot zu blinken. War es denn schon nicht mehr zufrieden?

Er machte den Jungen darauf aufmerksam. Dieser fluchte. Der Akku! Er begann in seinem schwarzen Mantel herumzuwühlen, wurde immer nervöser. Seine Bewegungen wirkten auf einmal fahrig und unkontrolliert.

„Wo ist mein verd...", begann er, ohne sich die Mühe zu machen, den Satz fertig zu sprechen. Erleichterung zeichnete sich auf seinem Gesicht ab, als er ein langes, schwarzes Kabel zum Vorschein brachte, an dessen Ende ein Stecker eingebaut war. Er schaute sich kurz um. Brauchte er etwa Unterstützung?

„Kann ich dir ...", doch auch Opa sprach nicht zu Ende, als er sah, wie der Junge den Stecker in eine Steckdose neben ihrem Tisch steckte und den kleinen, schwarzen Apparat mit dem Kabel verband. Der Bildschirm erhellte sich und es erschien eine kleine Batterie, die sich immer wieder mit Farbe füllte. Essenszeit. Das Gerät leuchtete wieder in friedlichem Grün und machte plötzlich kleine Geräusche in Form von Piepsern.

Verdauungsmusik. In früheren Zeiten hatte man geschmatzt. Konnte das Gerät auch rülpsen?

Verwirrt blickte der Junge darauf. Noch etwas nicht in Ordnung? Er begutachtete den Bildschirm, drückte sehr schnell auf den imaginären Tasten herum, grinste dann.

„Tobias ist angekommen und muss mal", meinte er nur dazu.

„Ach so, ja, Tobias, der muss mal."

Zu früheren Zeiten hatte es gereicht, wenn man die Tür zumachte. Man wollte nicht unbedingt Zeugen dafür haben, dass das, was oben reinging, auch unten wieder rauskam. Wie oben, so unten. Oder so irgendwie hatte es jemand mal formuliert.

Wieder drückte der Junge den Bildschirm. Opa war von der Geschwindigkeit der Finger auf so kleinem Raum beeindruckt.

„Jennifer kommt nicht heute Abend. Aber wir schalten sie dann einfach dazu. Sie hat keine Zeit. Zwischen den Proben mit der Band, den Castings als Supermodel, der Schule für Pediküre, dem Tanzunterricht und dem Fitnesstraining. Sie hat nicht einmal einen Moment, um ihre Hausaufgaben zu machen. Aber warum sollte sie auch? Sie wird ja sowieso Sängerin."

Ja, wieso denn eigentlich?

„Und ihr schaltet sie einfach dazu?", fragte Opa und verkniff sich damit eine andere Bemerkung.

„Ja, schau." Der Junge nahm das Gerät vom Tisch, zeigte ihm ein schwarzes Auge mit leerem Blick an der Rückseite und nickte dabei.

„Hier!", sagte er triumphierend. „Das ist 'ne Kamera. Mit der kann sie auch bei uns sein."

Natürlich, die Kamera! Ist ja alles drin in dem Ding. Opa hatte das bereits vergessen.

„Damit kann man große Zeit sparen, denn man kann gleichzeitig an verschiedenen Orten sein. Globäl Kommjunikeischen. Überall in se wörld", meinte der Junge.

Wieder blubberte das Kleinkind vor sich hin. Hatte wohl ein bisschen zu viel Strom auf einmal geschluckt. Kam nun der Magen hoch?

Doch der Junge bediente das abhängige Ding mit einigen Streicheleinheiten auf dem Bildschirm und schon war es wieder ruhig und schwarz. Bis auf die kleine Batterie, die sich in regelmäßigen Spasmen den Magen füllte. Nicht anders als ein

Kind eigentlich. Musste man bei dem Ding auch die Windeln wechseln? Bei all dem, was es da zu sich nahm?

Wie alt war Jennifer eigentlich? Opa erinnerte sich an ein kleines Mädchen mit großen Augen und blonden Locken. War noch gar nicht so lange her. Vielleicht fünf Jahre? Und der Junge? Siebzehn?

Die lächelnde Bedienung stellte den Kaffee vor den Opa, die Spezi vor den Helden, der aus einem Kinofilm entwischt war, zumindest modisch gesehen. Opa sah sie an, erwiderte ihr aufgesetztes Lächeln.

Würde die froh sein, ihr Lächeln heute Abend wegzuduschen! Er bewunderte die Muskeln, die anscheinend ohne Mühe das eigentlich schöne Gesicht in diesem Zustand beibehalten mussten. Aber alleine der Anblick machte ihn bereits müde und ließ seinen Kiefer schmerzen, als hätte er zu lange Kaugummi gekaut.

Der Junge lächelte die Kellnerin auch an. Sie hatten Augenkontakt. Doch keiner sagte etwas. Sie schien ihm zu gefallen. Er spielte mit seinem Kleinkind, während Opa die Geldbörse zückte und die Getränke bezahlte. Immer wieder schielte sie auf den Jungen. Vielleicht suchte sie ja nach dem Titel des Films. Würde man sie am Abend auch dazu schalten können?

Sie bedankte sich und ging, um den nächsten Tisch abzuräumen. Der Junge bedankte sich bei Opa und schaute nach seinem Ding, denn es gluckerte wieder vor sich hin. Kam da etwa wieder etwas hoch? Opa schaute gebannt auf den Bildschirm, den der Junge studierte.

„Daniel ist von der After zurück und geht jetzt schlafen." Geht man nun schon am Dienstag aus?

„So ich muss weiter. Danke für die Spezi!" Er steckte das Ding aus, verstaute das Kabel in seinem schwarzen Mantel und blickte auf sein Kleinkind. Die Batterie auf dem Bildschirm war verschwunden und hatte wieder der üblichen, schwarzen Farbe Platz gemacht. Opa sah, wie der Junge der Kellnerin einen Blick zuwarf, bevor er das Lokal verließ. Sie lächelte ihn mit den Augen an.

Auf dem Tisch blieben das leere Glas Spezi, der nunmehr fast kalte Kaffee und eine Frage liegen.

Ja, warum denn eigentlich?

Mir wird an nichts fehlen

Ich war dabei, das Geschirr vom Vorabend zu spülen. Ich trug dazu die gelben Plastikhandschuhe und genoss den Blick aus der Küche in den kleinen Vorgarten, der unser Einfamilienhaus von der Straße trennte. Die Häuser ähnelten einander in diesem Stadtviertel. Jedes besaß seinen Vorgarten und links vom Eingang einen offenen Autounterstand. Ich wusch die Teller selbst ab, denn es waren teure Teller, die ich von meiner Mutter geerbt hatte, und die wir nur benutzten, wenn wir Gäste begrüßen durften.

Am Vorabend hatten wir Besuch gehabt. Es war spät geworden, wie jedes Mal, und die Kinder guckten heute Morgen müde aus der Wäsche. Vor allem der Kleinste, der gerade erst sechs Jahre alt war. Ich brachte es abends jedoch nicht übers Herz, ihn auf sein Zimmer zu schicken, wenn die anderen lange aufbleiben durften. Er war ja bereits so groß geworden, und doch erst gestern noch ein Kleinkind gewesen. Die Tage verrannen in einer Geschwindigkeit, an welche ich mich nie gewöhnen würde. Alles beschleunigte sich, hatte ich den Eindruck. Alles ging immer schneller. Der Älteste meiner vier begann nächsten Sommer bereits mit der Universität und ich sah ihn noch vor mir, wie er die ersten Schritte machte, in diesem Haus, im Gang gleich nebenan.

Das war doch erst gestern, oder nicht?

Frau Roth von gegenüber hängte Wäsche in ihrem Garten auf. Es stimmte, dass das Wetter es in dieser Jahreszeit gut mit uns meinte. Ich machte ihr ein kleines Zeichen mit meiner gelben Hand und schenkte ihr dabei auch ein Lächeln. Obwohl ich nicht sicher war, ob sie es sehen konnte, denn sie war kurzsichtig wie ein Maulwurf und weigerte sich eine Brille zu tragen. Zum großen Leidwesen ihres Mannes. Sie winkte mir und beschäftigte sich weiter damit, die frisch gewaschenen Farben aufzuhängen.

Das Stadtviertel war ruhig und ich fühlte mich wohl hier. Wenn erst einmal die Kinder in der

Schule waren und mein Mann auf der Arbeit, hatte ich mein kleines Programm. Jeden Tag widmete ich mich einer ganz speziellen Aufgabe. Am Montag war Waschtag, am Dienstag ging ich einkaufen, am Mittwoch putzte ich und so weiter und so fort. Am Donnerstag hatte ich meinen freien Tag. Dann machte ich, wozu ich gerade Lust hatte. Manchmal ging ich zum Coiffeur, zur Kosmetikerin oder einfach nur mit meinen Freundinnen Kaffee trinken. Diese Gewohnheiten gaben mir Sicherheit.

Ich war beim Geschirrspülen, als ich den vertrauten Lärm des Postbotenmopeds hörte, welches in unsere Straße einbog. Und bald schon sah ich es beim Briefkasten unserer Nachbarn halten, bevor es schließlich auch vor unserem Haus innehielt. Aus der grauen Box auf seinem Gepäckträger entnahm der Postbote eine kleine Hand voller Briefe und Werbungen und stopfte sie in unseren Kasten. Mit einem Nicken grüßte er mich, als er mich in der Küche stehen sah. Ich hob die behandschuhte Hand. Dann saß er wieder auf und verschwand mit dröhnendem Motor aus meinem Blickfeld.

Er war ein netter Kerl, sagte man. Und er kam immer, ob es regnete oder schneite.

„Es brauchte sicherlich viel Mut dazu", dachte ich.

Ich beendete meinen Abwasch, versorgte die orangefarbene Plastikschüssel unter dem Spülbecken, trocknete die Armaturen ab und zog schließlich die Handschuhe aus, welche ich an den für sie bestimmten Haken hängte.

Ein kurzer Blick auf die Wanduhr bestätigte mein Gefühl, dass es nun Zeit für einen kleinen Kaffee geworden war. Und mit meinem morgendlichen Kaffee liebte ich es, die vielen Werbungen durchzusehen, die unseren Briefkasten überschwemmten. Ich überflog die Angebote und warf sie dann ins Altpapier, denn meinen Mann interessierten sie überhaupt nicht.

Ich schaltete die Kaffeemaschine ein und verließ kurz das Haus, um die Post zu holen. Wieder in der Küche drückte ich den Knopf mit der großen Tasse drauf. Schwarz. Ohne Milch und ohne Zucker. Bitter. Seit sieben Jahren trinke ich meinen Kaffee schwarz. Heute könnte ich ihn gar nicht mehr anders trinken.

Ich machte es mir in meinem Lieblingssessel bequem und überflog die wenigen Briefe und Prospekte, entnahm dem Haufen diejenigen, welche an meinen Mann adressiert waren. Ich würde sie später im Eingang neben der kleinen Schüssel deponieren, wo er seine Schlüssel hinzulegen pflegte. An diesem Ort nahm er sie jeden Abend zur Hand und sah sie schnell durch, sobald er seine Aktentasche hingestellt und die Schlüssel in das kleine Schälchen gelegt hatte. Ich beobachtete ihn oft dabei, versuchte herauszufinden, ob es gute oder schlechte Nachrichten waren. Dann erst legte er seinen Mantel ab, hängte ihn sorgsam auf und gab mir einen Kuss auf die Stirn, bevor er sich etwas zu trinken zu holte. Er mochte Whiskey ohne Eis.

Ja, ich würde sie später in den Eingang bringen.

Ich wählte mir einen Prospekt aus, der die Vorteile eines Möbelgeschäftes anpries, und als ich ihn vor mir entfaltete, fiel ein Brief zu Boden, der sich dort verirrt hatte. Ich hob ihn auf und wollte ihn schon zu den anderen legen, als ich mitten in meiner Geste innehielt. Er war für mich! Ich runzelte die Stirn, denn ich bekam nur sehr selten

Briefe. Ab und an zu meinem Geburtstag, manchmal auch an Weihnachten. Aber auf diesem stand wirklich mein Name. Ich hielt ihn einen Augenblick in meiner Hand, die zu zittern begann, als ich auf dem Stempel erkannte, dass er in Sanary-sur-Mer aufgegeben worden war.

Es war wie eine Ohrfeige. Meine ganze Welt begann zu schwanken und um ein Haar hätte ich meine Kaffeetasse umgestoßen. Ein-, zwei-, dreimal atmete ich sehr tief durch, dann drehte ich den Brief um, doch die Handschrift auf der Rückseite sagte mir nichts. Ich begutachtete noch einmal den Stempel. Das genaue Aufgabedatum war nicht mehr leserlich, das Jahr aber schon. Der Brief kam aus dem Jahr 1987. Der Brief kam aus meiner Vergangenheit!

Die Zeit ist ein dehnbares Konzept.

Ich erinnere mich, dass ich wieder zu mir kam, als mein ältester Sohn mich sachte an der Schulter berührte und mir sanft zusprach. Er schien verlegen darüber, mich in dieser Situation überrascht zu haben. Der Morgen war wie im Flug vergangen und ich hatte ihn damit verbracht, den Brief in meinen Händen zu halten und den darauf ersichtlichen Stempel anzusehen. Es war fast Mittag und die anderen Familienmitglieder würden jeden Moment mit großem Hunger heimkommen.

Der erste Schock galt dem nicht vorbereiteten Essen. Was würden sie denn sagen?

Zum Glück half mir mein Sohn. Schnell bereiteten wir eine Mahlzeit zu, und als der letzte der Bande die Tür hinter sich schloss, stellte ich eine große Platte auf den Esstisch. Ich war meinem Sohn nicht nur für die Hilfestellung dankbar, sondern auch dafür, dass er keinerlei Fragen stellte. Ich wäre in diesem Zustand sicherlich unfähig gewesen, auch nur irgendetwas von mir zu geben.

Während eines Augenblicks schien alles wieder ganz normal zu sein und das beruhigte mich ein wenig. Wieder stritten sich meine Kinder am Tisch, erneut musste ich eingreifen. Aber das war alltäglich und verwirrte mich weniger, sondern es gab mir in irgendeiner Form Sicherheit zurück.

Doch am Nachmittag, als alle wieder aus dem Haus waren, stand ich erneut neben meinem Sessel, nahm einen tiefen Atemzug und öffnete den Brief. Langsam, um weder die Erinnerungen noch das Papier zu beschädigen. Ich entfaltete die von Hand geschriebene Nachricht. Sie war mit dem zweiten Juli 1987 datiert. Und ein weiteres Mal lief mir ein kalter Schauer über den Rücken. Ganze Bildergalerien ohrfeigten mich und hätten mich um ein Haar um mein Gleichgewicht gebracht. Schnell setzte ich mich und las:

Mir wird an nichts fehlen, außer an dir ...

Tränen schossen in meine Augen wie Wellen, die nach einer langen Ebbe endlich wieder an ihrem Ursprungsort eintrafen, die dem Sand wieder seine Farbe gaben und der tot geglaubten Natur neues Leben einhauchten. Ich wurde sanft überwältigt und ließ mich ohne Gegenwehr in meine Erinnerungen hineinziehen. Es war so lange her! Der Ort, das Datum. Alles stimmte!

Damals.

Noch bevor ich meinen Mann kennengelernt hatte, bevor ich unter meine jugendlichen Ideale einen Strich gezogen hatte, bevor ich der Realität die Möglichkeit gegeben hatte, die Träume aufzulösen, die mein Leben so lange begleitet hatten.

Ich sah zu den Familienfotos auf dem Kaminsims hinüber und all die Jahre reisten an meinem inneren Auge vorüber. All diese Momente, die Gesichter, die Orte, die Erlebnisse, welche eine Zusammengehörigkeit aufbauten und schließlich eine Familie daraus werden ließen. All die Stunden des Glaubens und des Hoffens, in denen man einem Weg folgte, den man nie wirklich zu Gesicht bekam. Oftmals hatte ich mich gefragt, was wohl geschehen wäre, wenn ... Aber je länger man mit derselben Person lebte, je länger man an einer Beziehung arbeitete, desto weniger gab man sich das Recht, darüber nachzudenken, desto weniger brauchte man sich solchen Gedanken hinzugeben. Häufig vergaß man, erinnerte sich nur noch manchmal und dann überhaupt nicht mehr.

Aber kann man überhaupt etwas vergessen? Je älter ich werde, desto weniger glaube ich daran.

1987. Ein Strand. Eine Stadt am Rande des Meeres bestehend aus kleinen farbigen Häusern, dem römischen Turm und dieser Sicht auf die

Ewigkeit hinter dem Blau der Wellen. Es waren Ferien.

Ein Lächeln wie Sean Connery in den Sechzigerjahren und ein durchtrainierter Körper, den die Sonne gebräunt hatte. Salz auf seiner Haut, Sterne in meinen Augen.

Ich erinnerte mich.

Ich schluckte leer. Plötzlich brauchte ich etwas zu trinken und holte mir ein Glas Vermouth. Dann ein zweites. Ich wollte den Rest des Briefes nicht lesen.

Nicht jetzt und nicht heute.

Ich sah das große weiße Schiff wieder, das ihn mitnahm. Eine bedeutungsvolle Sonne in einem blauen Himmelsozean. Er hatte mich gefragt, ich hatte abgelehnt. Ich wollte den Strand genießen.

Das Boot verließ den Hafen. Er winkte mir mit einer Hand zu und trug das Lächeln von Sean Connery.

Und das Blau des Ozeans hatte ihn verschluckt, ihn, sein Boot und sein Lächeln.

Es war der zweite Juli gewesen und ich war noch am selben Tag abgereist, in das Anwesen welches ich inzwischen von meinen Eltern geerbt habe.

Seither, wenn es ruhig ist und alle schlafen, habe ich das Gefühl, das Meer zu hören.

Und manchmal höre ich auch noch sein Lachen.

Die Postkarten

Dich kennen heißt, sich verlieben.

Weit von dir wird diese Liebe zu Schmerz. Und über all die Jahre hat sie aus mir einen besseren Menschen gemacht.

Ihr Blick hatte etwas Verlorenes, als wenn die Erinnerung nur sehr langsam wieder in ihr Bewusstsein dringen könnte. In ihrem Alter besaß sie mehr Erinnerungen als nötig, und sie tat mir eine große Freude, wenn sie mir ab und zu eine von ihnen erzählte. Ein Funkeln erwachte dann in ihren hellen Augen und ich mochte es, sie zu den Melodien ihres Lebens vibrieren zu sehen. Als würde sie jedes Mal die erzählte Geschichte noch einmal durchleben. Ein Hauch von Rosa erschien auf ihren Wangen. Das Leben schien ganz nah in diesen Momenten. Es fühlte sich an, als könnte man einfach die Hand ausstrecken und nach dem beschriebenen Moment greifen.

Die Bilder kamen wieder, auch wenn mir klar war, dass sich nicht alles so abgespielt hatte, wie sie es zum Besten gab. Gewisse Fragmente verschwinden, andere werden neu geboren. Neue Farben kommen hinzu, wo die Erinnerung nicht mehr ganz vorhanden ist. Aber das ist gut so. Ich liebe es, ihr zuzuhören. Ich liebe das Rosa auf ihren Wangen.

An jenem Tag überraschte sie mich, als sie mir mitteilte, dass sie noch einmal das Meer sehen wollte. Mit ihren neunzig Frühlingen war das gewiss ein eigenartiger Wunsch.

„Und die Reise, Großmutter. Hast du an die Reise gedacht?"

„Natürlich. Es ist weit, bis zum Meer. Aber es würde meine letzte Reise sein. So oder so."

„Sag doch nicht so was, bitte!"

Aber sie gab keine Antwort, sondern lächelte nur vor sich hin. Ich wusste, sie wusste. Der Unterschied lag darin, dass ich mich mit dieser Zukunft nicht anfreunden konnte, während sie keine Angst mehr davor empfand.

„Und wieso möchtest du nochmal ans Meer?",
fragte ich neugierig.

Sie sah einen Moment aus dem Fenster, wie sie
es jedes Mal tat, bevor sie eine ihrer Erinnerungen
preisgab. Wie um sich besser darauf konzentrieren
zu können, als ob sie die Einzelheiten zuerst
herbeirufen müsste, bevor sie die Geschichte
erzählte. Sie öffnete ihren mentalen Koffer.

Dann begann sie zu erzählen: „Es wehte auf
diesem Strand ein Wind der Hoffnung und der
großen Liebe."

Sie machte eine Pause und ihr Blick verlor sich
draußen irgendwo im Garten. Dann räusperte sie
sich und fuhr mit einer weitaus sanfteren Stimme
fort: „Ich war damals dreißig Jahre alt. Dort fing
die Wüste an und meine Träume waren zu der Zeit
voller Sand."

Erneut machte sie eine Pause. Den letzten Satz
beendete sie fast flüsternd. Ihre Augen waren
abwesend, starrten in eine imaginäre Leere.

Was sah sie in diesem Moment?

„Willst du ein wenig Tee?", fragte ich sachte, als
mir die Stille zu mächtig wurde. Sie blickte mich
an, als würde sie mich zum ersten Mal an diesem

Tag sehen. Meine Präsenz schien sie zu überraschen.

„Tee?"

Ich nickte ihr aufmunternd zu.

„Mit Vergnügen." Ein Lächeln umspielte wieder
ihre Lippen.

Ich stand auf, um den Tee für uns beide zu
bestellen, und setzte mich dann wieder ihr
gegenüber in den großen Sessel.

„Ich liebte es, früh aufzustehen. Vor allen
anderen. Die Erste zu sein, die den noch kalten
Sand unter den Füßen spürte. Die Erste zu sein,
welche diese Landschaften sich in den fernen
Dünen verlieren sah. Ich spürte die Un-
ermesslichkeit, welche von ihnen ausging. Ich
hatte vorher nie an etwas geglaubt. Und dann –
der Sand wartet und lässt dich nicht mehr los. Es
gibt innere Wüsten, die dursten ein Leben lang
nach dieser Größe.

Er stand einfach da, eine Staffelei inmitten des
Sandes. Der Tag war noch nicht einmal
angebrochen. Ich näherte mich, meine Sandalen in
der Hand, mein leichtes Sommerkleid, welches im

Rhythmus meines Beckens um mich wehte. Seidene Berührungen.

Er trug einen Bart und er malte.

Zuerst schien er meine Anwesenheit nicht zu bemerken. Und ich respektierte sein Schweigen, sah ihm zu, wie er malte, während die Sonne langsam erschien. Dann sagte er, ohne mich anzublicken und ohne aufzuhören, dem Horizont neue Farben zu verpassen:

‚Das hier ist meine Wüste. Sehen Sie diesen Sand? Die Körner sind wie ich. Einmal hier gestrandet und seitdem warten sie auf eine mögliche Rückreise.'

Unsere erste Begegnung.

Am nächsten Morgen fand ich ihn wieder am selben Ort. Er malte denselben Horizont. An diesem Tag trug der Himmel Wolken und er hatte Pastellfarben mitgebracht, um dem Licht besser gerecht zu werden. Böenartige Luftstöße auf den Wellen bildeten Schaumkronen. Das Meer schien erzürnt zu sein.

‚Er ist wütend', sagte er, ohne mir zu erklären, was er eigentlich damit meinte. ‚Er war schon immer ein halber Engel und ein halber Teufel. Er war schon als Kind abwesend. Er hat oft von fernen Ländern geträumt. Immer schon.'

‚Wer ist *er*?', fragte ich ihn.

Aber er antwortete mir nur durch eine Geste mit dem Pinsel in Richtung Meer, in Richtung des Horizonts, wo man den Beginn des Himmels nur durch eine ganz feine Linie vom Wasser unterscheiden konnte. Etwas zwischen Hellgrau und Dunkelgrau. Die Elemente ähnelten einander in ihrer Kraft ...“

In diesem Moment klopfte es an die Tür und Großmutter musste ihre Geschichte unterbrechen. Ich stand auf und sah mich einem lächelnden Gesicht gegenüber: „Ihr Tee!“

Es tat mir gut zu sehen, dass es der Frau anscheinend Freude bereitete, uns die Bestellung zu bringen.

„Danke.“ Ich nahm das Tablett entgegen.

„Gern geschehen.“

Sie wandte sich ab und ging den leeren, weißen Flur zurück. Letzten Monat hatten noch Fotos die Wände geschmückt. Kleine Fenster auf eine andere Welt.

Ich stellte das Tablett vorsichtig auf den kleinen Tisch, schenkte ein wenig Tee aus der Kanne in eine der Tassen. Als ich jedoch sah, dass sich das heiße Wasser noch nicht wirklich verfärbt hatte, stellte ich den Krug wieder zurück. Großmutter beobachtete mich dabei und nickte, als würde sie mir recht geben. Dem Tee musste noch ein wenig Zeit zum Ziehen zugestanden werden.

Dann fuhr sie fort: „Ich mochte seine einzigartige Anwesenheit. Ich liebte es, seine inneren Welten in den entstehenden Bildern zu sehen. Ich liebte es, ihm zuzuschauen, wenn er das gleiche Bild immer und immer wieder neu begann. Jeden Morgen, zur selben Zeit, teilten wir einen Moment der Stille. Erst viel später erfuhr ich, dass sein einziger Sohn Matrose geworden war. Er trug die Erinnerung wie einen Mantel aus immerwährendem Leid, sein Abschied lag schon lange zurück.

,Dahin ist er gegangen', sagte er vorwurfsvoll.

Der Horizont zeigte mir das Ausmaß der Möglichkeiten.

,Und wo ist er jetzt?', fragte ich ihn mit einer Gutgläubigkeit, die ich im selben Moment auch schon bereute. Mit einer Geste zeigte er mir seine Staffelei.

Das war alles, was er tat.

Einige Tage später zeigte er mir sein Haus. Diese Bezeichnung ist nicht ganz richtig. Um ehrlich zu sein, ähnelte seine Behausung eher einem Stall, der halb in den Sand eingesunken war, als einer weißen Villa, wie man sie so oft in jener Region zu Gesicht bekam. Ich erinnere mich an zwei Klappstühle und einen Tisch, die davor standen."

Großmutter lächelte, als sie einen Augenblick innehielt. Ich versuchte, mich so klein wie möglich zu machen, um sie in diesem Moment nicht zu stören, und hielt sogar die Luft dabei an. Dann fuhr sie fort und ich atmete auf.

„Im Inneren war es dunkel, selbst am helllichten Tag. Der Grund waren die geschlossenen Fensterläden. Die Rückwand der Behausung lag mehr als hüfthoch unter einer Schicht Sand, die der Wind immerwährend gegen die Mauern trug. Eine Düne hatte sich an das schüttere Häuschen gelehnt und ich befürchtete, sie würde es vielleicht eines Tages ganz verschlucken.

Drinnen Bilder. Es mussten Hunderte sein. Farbe auf Farbe, Stoff auf Stoff in diesem engen Raum, Erinnerungen an Tage des Wartens.

,Wieso?', fragte ich ihn nur.

Er sah mich lange an, bevor er mir schließlich eine Antwort gab. Sein Gesicht, durch Wind und Sand gezeichnet, machte dabei eine Grimasse, als hätte ich von ihm verlangt, in eine Zitrone zu beißen. Sein Blick senkte sich auf seine Hände, wo er an seinen Fingern herumkratzte. Etwas Farbe vom Vortag war auf den Nägeln geblieben.

,Um ihn nicht zu verlieren', sagte er schließlich. Um ihn nicht endgültig zu verlieren.' "

Ich sah, wie Großmutter plötzlich müde wurde, und schenkte ihr eine Tasse Tee ein, welcher nun eine schöne Farbe angenommen hatte. Sie bedankte sich mit den Augen und verlängerte ihre Pause, indem sie in den kleinen Park hinausblickte, welcher von ihrem Zimmer aus zu sehen war.

Sie gaben sich mit den umliegenden Grünzonen wirklich Mühe. Ich hatte dies während des ganzen Jahres feststellen können, seit Großmutter hier eingezogen war. Man muss dazu sagen, dass ihre ehemalige Wohnung ein wenig zu groß für sie geworden war. Auch verlor sie sich immer öfters in anderen Welten, hatte immer mehr Mühe, den Haushalt zu bewältigen. Hier litt sie unter einer anderen Einsamkeit, jedoch umgeben von Personen ihres Alters.

„Und dann?", wagte ich zu fragen.

„Die Farben des Himmels waren sein Innenleben geworden, so sagte er mir."

Erneut hielt sie in ihrer Geschichte inne. Ich sah, wie sie nach den Erinnerungen suchte, wie sie sich bemühte, den in die Vergangenheit gerichteten Blick beizubehalten. Als würde sie versuchen, den Geschmack einer süßen Köstlichkeit im Mund zu behalten, von welcher sie das letzte Stück geschluckt hatte.

„Er sagte mir, dass er einfach nicht vergessen konnte. Etwa wie andere zu trinken beginnen: zuerst weil sie es brauchen, dann aus Gewohnheit und schließlich aus dem Zwang der Sucht. Er sagte es von sich selbst: ‚Ist die Wüste nicht auch eine Bestrafung? Schau nur den fast weißen Sand, trägt er nicht die Farbe des Todes? Wie könnte ich hier überleben, wenn ich nicht jeden Tag etwas Farbe in diese gefährliche Leere in mir malen würde? Welche Farbe trüge dann meine Hoffnung?'

Und er hatte recht, irgendwie. Er lebte durch seine Malerei, denn sie gab ihm jeden Tag neue Zukunft.

Ihn zu kennen heißt, sich verlieben. Weit von ihm wird diese Liebe zu Schmerz. Und über all die Jahre hat diese Begegnung aus mir einen besseren Menschen gemacht.

Ich möchte noch einmal das Meer sehen."

Ihr Blick verlor sich erneut in einer vergangenen Welt. Vielleicht sah sie die Dünen und das Meer, vielleicht sein vom Warten und der Sonne gezeichnetes Gesicht.

Wie dem auch sei, sie sprach nicht mehr.

„Ich verstehe dich, Großmutter. Ich kann dir gut nachfühlen." Ich nahm ihre Hände in meine, doch sie machte sich mit einer unwilligen Geste los.

„Ich möchte mich nun ausruhen."

Ich half ihr noch, sich auf ihrem weißen Bett niederzulegen, bettete die Kissen unter ihrem Kopf und nahm ihr die Brille ab, welche ich auf den

Nachttisch legte, wo sie sie jederzeit wiederfinden würde.

„Bis bald", flüsterte ich.

Ich lehnte mich nach vorne und küsste sie sanft auf die Stirn. Doch bevor ich das Zimmer verlassen konnte, hielt sie mich am Arm zurück.

„Verstehst du? Er erzählte von seinem Sohn, als er mir gestand, dass die Farben an seinen Pinseln seine Erinnerungen darstellten. Und Erinnerungen sind die Postkarten des Herzens."

Alleine zu zweit

(die Sockenparabel)

Ich bin schwarz, aber ich sehe nicht Schwarz.

Mit Ausnahme vielleicht in meiner Partnerschaft. Sagt man jedenfalls von mir. Aber seitdem ich mit ihr zusammen bin, wurde ich mit allen Wassern gewaschen. Habe mich daran gewöhnt.

Ans Waschen ...

Sie wirft mir vor, ich sähe nur Schwarz und Weiß. Das Leben trüge noch andere Farben. Was gibt es da noch zu erwidern? Mein Problem liegt nicht beim Wollen.

Ich bin eine einsame Socke, das ist alles.

Lange hatte ich mir das alles durch den Kopf gehen lassen und war zu dem Schluss gekommen, dass ich mein Leben ändern musste. Hatte mich entschieden neu anzufangen. Anderswo. Hier wurde ich ungerecht behandelt. Oder wie erklärt ihr euch sonst, dass ich immer den linken Fuß erwischte?

Kürzlich war ich Zeuge geworden, wie eine Socke entsorgt wurde. Sie hatte ein Loch. Stellt euch meine existenzielle Angst vor, als ich sie in den Abfalleimer fallen sah! Grausam. In dieser Welt überleben nur diejenigen, welche bis ins hohe Alter gut aussehen und Farbe bekennen. In der Hoffnung, dass die Mode nicht wechselt! Dieses Erlebnis war zu viel für mich. Es war die göttliche Darstellung meines inneren Kampfes.

Ich musste weg hier!

Ich plante, bei Nacht zu verschwinden. Denn wenn es dunkel ist, kann ich mich besser tarnen. Muss gestehen, dass ich die Idee ein wenig abgeguckt hatte. In all den Filmen, die ich mir anschauen musste, während mein Fuß gelangweilt auf dem Couchtisch liegen blieb, brachen die Helden immer bei Nacht und Nebel auf. Auf den Nebel ist bekanntlich kein Verlass, aber die Nacht kommt immer wieder.

Aber es gibt noch einen anderen Grund, warum ich eine Nacht-ohne-Nebel-Aktion plante. Bei Nacht schlafen auch die Einäugigen! Das sind große, massive, meist in Weiß gehaltene Roboter, über welche böse Legenden umgehen. Man erzählt sich unter den Menschen, dass solche Ungetüme bereits Socken verschwinden ließen, die niemals mehr auftauchten. Niemand weiß genau, warum die Socken verschwanden, und niemand weiß, wohin. Da wird man als Sockenpaar eines Tages hineingestopft und kommt vielleicht nie mehr als solches heraus! Vorsicht ist geboten vor den Einäugigen. Die Menschen nennen sie auch *Zyklopen*, glaube ich. Auch *Waschmaschine* habe ich oft gehört.

Jedes menschliche Haus besitzt einen Einäugigen. Wegen ihrer Gefährlichkeit werden sie oft direkt im Keller installiert. Häufig in Räumen, die ansonsten leer bleiben. Anscheinend werden sie auch von Menschen gefürchtet. Vor allem von Männern, habe ich bemerkt.

Schließlich beschloss ich, meinen Plan umzusetzen. Ich ließ mich gehen, wurde zusehends schmutziger, bis mich jemand endlich in den Wäschekorb legte. Dabei merkte ich deutlich, wie groß die Toleranz bezüglich seltsamer Düfte sein kann, denn ich verzweifelte schier beim Warten. Es hätte aber nicht funktioniert, wenn ich sauber gewesen wäre, denn saubere Socken legt man für gewöhnlich in die Schublade, aus welcher ich ohne Hilfe nicht mehr herausgekommen wäre.

Ich wartete also, bis alles schlief, und machte mich auf die Socken. Auf den Zehenspitzen natürlich. Immer auf der Hut vor ungewöhnlichen Geräuschen verließ ich das Haus, wankte die Straße entlang und flüchtete in den großen Park. Das alles kostete mich jedoch so viel Energie, dass ich vor Erschöpfung neben einer Bank einschlief. Als ich wieder zu mir kam, hielt mich eine Hand fest.

„Erwischt!", dachte ich. „Jetzt werde ich sicher verraten und ausgeliefert!" Ich sah bereits vor meinem inneren Auge, wie ich unter dem hämischen Grinsen meiner Sockenkollegen dem Zyklopen zum Fraß vorgeworfen wurde.

Was soll's, Strafe muss sein! Ich war zu unvorsichtig gewesen, hatte mich durch den Schlaf überraschen lassen. Und nun würde ich sicherlich wieder gereinigt und in die Schublade gesteckt, wo irgendwann mal ein linker Fuß sich meiner annehmen würde.

Doch es kam alles ganz anders. Die Hand gehörte einem vierzehnjährigen Mädchen, welches anscheinend Großes mit mir vorhatte. Nicht nur wusch sie mich von Hand und trocknete mich an der Sonne, sondern sie gab mir auch eine ganz neue Aufgabe. So schnell kann man sozial aufsteigen! Vom Fuß in die Hand sozusagen.

Seit dieser ersten Begegnung muss ich nämlich über ein Handy wachen. Nun ja, kein Sockenjob eigentlich. Vor allem, da das Mobiltelefon einen großen Bildschirm besitzt und dadurch vor spitzen und schneidenden Objekten eine wahre Phobie entwickelt hat. Viel Psychologie und Zehenspitzengefühl ist also gefragt. Aber immerhin besser als ein linker Fuß auf einem Couchtisch.

Ihr fragt mich, ob ich nun glücklich bin?

Ja, sicherlich. Aber jede Existenz hat so ihre Schattenseiten. Meine auch. Meine neue Arbeit würde um einiges einfacher werden, wenn ich nicht so viel Strass und Glitter tragen müsste. Überall blitzt und funkelt es beim kleinsten

Lichterschein. Um unauffällig zu bleiben, hat man schon anderes versucht. Aber ich habe mich mittlerweile daran gewöhnt. Man kann eben vieles vom Leben verlangen, aber nicht immer über alles entscheiden!

Zum Schluss möchte ich noch anmerken, dass diese Geschichte frei erfunden wurde. Jegliche Übereinstimmung mit existierenden Personen, Socken oder Orten ist reiner Zufall und nicht gewollt. Denn in Wirklichkeit muss ich gestehen, dass es gar keinen Park in unserem Ort gibt.

Das weiss Gott allein

Ein aufmerksamer Zuhörer hätte zuerst die metallenen, rhythmischen Laute wahrgenommen, die der Stock auf dem harten Boden des Flurs verursachte. Eine Abfolge, die dann und wann unterbrochen wurde, wenn die Person innehielt. Erst nach geraumer Zeit fiel die schwere Eingangstür ins Schloss.

Die Nacht empfing Erna unter einem Himmel eingebetteter Dunkelheit. Keine Sterne, nur Straßenlampen. Und Schatten auf dem Gehsteig. Sie kam nur langsam voran, eine einsame Gestalt und ihr Schatten in der Straße. Ihr Stock machte so viel Lärm, wie ihr Bein weh tat. Sie brauchte eine Pause, ab und an. Einen Moment, um dem Schmerz zu entfliehen. Ein Aufatmen in der Nacht. Die Plastiktüte, die am Stock befestigt war, gab bei jedem Schritt ein schleifendes Geräusch von sich.

Wie zerknitterter Wind.

Zum Glück war der Park nicht sehr weit.

Während Erna langsam weiterging, dachte sie an den vergangenen Tag. Ihre Tochter Sarah und die Jüngste der Familie, Anna, waren zu Besuch gekommen. Sarah hatte gekocht und sich dabei sehr viel Mühe gegeben. Trotzdem hatte es nicht geschmeckt. Zu viel Sauce, zu viel Salz, zu viel von allem.

Dann wollte Anna schlafen. Als Großmutter musste sie die Kleine ins Gästezimmer begleiten und sie zudecken, nachdem sie sich auf dem ausgeklappten Notbett niedergelegt hatte. Die Decke zog sie bis unters Kinn hoch. Anna hatte ihr zugelächelt und sich dann wieder davon befreit.

„Großmutter", hatte sie vorwurfsvoll gesagt, „ich möchte mich nicht zudecken! Wie kann ich sonst meine Träume sehen, wenn ich die doofe Decke vor den Augen habe?"

In der Dunkelheit erhellte ein Lächeln Ernas Gesicht. Dann hielt sie erneut inne, um die Plastiktüte wieder richtig zu befestigen, die sich selbstständig machen wollte. Sie durfte auf keinen

Fall auf den Boden fallen, denn sie hätte sie nicht wieder aufheben können.

Jeden Abend machte Erna den Spaziergang von ihrem Wohnblock bis zu dem kleinen Park. Wann hatte sie damit begonnen? Sie erinnerte sich nicht mehr daran. Und es spielte auch keine große Rolle. Sie brauchte diesen Moment, der es ihr erlaubte, der Stummheit ihrer Wohnung zu entkommen. Atmen und sich bewegen, das gab ihr ein Gefühl von Lebendigkeit. Jetzt erinnerte sie sich auch wieder. Sie hatte damit angefangen, als ihr Ehemann gestorben war. Seitdem ging sie aus der Wohnung, wenn die Nacht sich über die Stadt senkte. Ihr ganzes Leben hatte sie gedacht, sie würde vor ihm gehen können. Doch genau das Gegenteil war der Fall gewesen. Er hatte ihr fürs Essen gedankt und sich dann für seinen Mittagsschlaf aufs Zimmer zurückgezogen, wie er es immer tat, seit er in Rente gegangen war. Nur dass er dieses eine Mal nicht wieder aufgewacht war. Seither schlief sie im Gästezimmer. Sie hatte es niemandem gesagt, denn sie fürchtete Sarahs Tadel, sollte diese je dahinter kommen.

Denk an deinen Rücken, Mutter! Das Notbett ist doch nicht bequem! In deinem Alter musst du aufpassen!

Erna lächelte zwischen zwei Straßenlaternen. Noch vor gar nicht langer Zeit hatte sie für ihre Tochter gesorgt. Jetzt war es umgekehrt. Sarah kam um ihr beim Haushalt zu helfen, beim Abwasch, und Erna ließ sie gewähren. Sie hatte gelernt, dass man Menschen, die helfen wollten, nicht daran hindern durfte. Sie konnte all diese Arbeiten gut selbst erledigen, brauchte vielleicht einfach ein wenig mehr Zeit dafür. Aber da es ihrer Tochter Freude bereitete, wieso ihr diese nehmen?

Deshalb hatte sie auch nichts gesagt, als Sarah die Bettwäsche des großen Bettes im ehemaligen Schlafzimmer wechselte, in welchem niemand mehr übernachtete.

Obwohl Erna jetzt ganz allein in der Wohnung lebte, fühlte sie sich nicht wirklich einsam. Sie hatte ihren Tagesablauf, nahm sich viel Zeit fürs Mittagessen, schaute jeden Tag ihre Lieblings-sendungen im Fernsehen, tätigte ihren täglichen Spaziergang, las ihre Bücher und machte Puzzles. Erna liebte Puzzles über alles. Sie konnte ganze

Nachmittage damit verbringen. Ein Bild zu entdecken und erneut zu entdecken - es lag eine Art Weisheit darin.

Geboren 1913, nur wenige Kilometer von der deutsch-französischen Grenze, trug sie Bilder in sich, an die sie sich nicht erinnern konnte. Sie spürte sie und konnte sie doch nicht in Worte fassen. Ein Gewicht, das an manchen Tagen schwer auf ihrer Brust lag. Ein Vater, der nach dem großen Krieg niemandem mehr traute, und eine Mutter, die sich in ihrem Schweigen vor der Realität versteckte. Sie war mit dem Schatten der Vergangenheit groß geworden, mit zwei Kriegen, die tiefe Spuren hinterlassen hatten. Ein Bild zu erschaffen, hieß für sie, eine neue Welt zu gestalten, ein Fenster zu öffnen, eine Gegenwart zu haben. Immer wenn sie an einem Puzzle arbeitete, lebte sie im Moment. Und nur der Augenblick gab ihr ein wirkliches Glücksgefühl.

Erna erreichte den Eingang zum Park. Ab hier wurde der Weg dunkler. Der Himmel versteckte sich über dem Geäst der Bäume, die den Weg begleiteten. Wenig Licht drang von der Straße her und schon bei den ersten Schritten spürte sie, wie die Dunkelheit um sie zusammenrückte.

Sie ließ sich davon nicht beeindrucken. Erna kannte den Weg auswendig, wusste mit Bestimmtheit, wo sie durchgehen musste. Beunruhigender war das Gefühl, in der jungen Nacht nicht mehr allein zu sein. Viele Tiere lebten hier und sicher auch einige Menschen. Gesehene Bilder aus dem Fernsehen untermalten die aufkommende Unsicherheit. Erna beruhigte ihr Herz damit, dass hinter der Angst oftmals nur ein Bild steht, das man sich von ihr macht. Die Realität sieht in den meisten Fällen anders aus. Was konnte ihr schon passieren?

Und trotzdem, je weiter sie im Dunkeln ging, desto stärker wurde das Gefühl der Unsicherheit. Ihr Verstand sagte ihr, sie solle umkehren. Erna machte eine kleine Pause, kontrollierte die Plastiktüte an der Krücke. Im Weitergehen konzentrierte sie sich auf das Geräusch der Gehhilfe, wenn diese den Boden berührte. Der Plastiksack gab ein schleifendes Geräusch von sich.

Wie zerknitterter Wind.

Beides beruhigte sie, gab ihr die Möglichkeit, mit ihren Gedanken in der Gegenwart zu bleiben.

Noch einige Schritte und sie erkannte die Umrisse der Parkbank, die dem kleinen Teich gegenüberstand, ihr allabendliches Ziel. Mit einem Seufzer setzte sie sich, legte den Stock neben sich auf die Bank, sah auf ihre Armbanduhr.

„Perfekt!", dachte sie. Erna war mit sich zufrieden.

Einen Augenblick blickte sie um sich, die Plastiktüte in den Händen. Jemand beobachtete sie, aber sie konnte keine Bewegung in der Dunkelheit ausmachen. Sie horchte in die Nacht hinein, aber sie vernahm keinen Laut, der nicht irgendwie hierher gehörte. Vor ihr lag als dunkler Fleck der Teich. Der Weg, einen Hauch heller, schlängelte sich zwischen den Bäumen dahin. Weit weg sah sie die diffusen Lichtpunkte der Straßenlaternen.

Erna wartete geduldig. Sie spürte Augen auf sich ruhen, bewegte sich aber nicht. Ein sanftes Geräusch zu ihrer Linken warnte sie, dass sich ihr etwas näherte. Sie spürte es deutlich. Ein Rascheln ohne Wind, von unsichtbarer Hand getragen, und plötzlich waren sie da. Mit fragendem Blick standen sie vor ihr.

Ein Lächeln erhellt ihr Gesicht.

Ohne sie weiter zu beachten, öffnete Erna die Plastiktüte. Das Geräusch ließ einige von ihnen in die schützenden Schatten der Bäume zurückweichen. Aber sofort war ihre Neugier wieder da.

Erna riss die erste Dose auf und ließ sie auf den Boden gleiten. Einen Augenblick zögerten sie noch, dann näherten sich die Mutigsten unter ihnen. Erna öffnete eine zweite Büchse Katzenfutter, ließ sie zu Boden gleiten und schupste sie mit dem Stock von sich weg, wiederholte die Prozedur mit einer dritten. Sanfte Schritte auf dem Waldboden.

Mit großem Wohlwollen sah sie den Katzen beim Essen zu. In diesem Moment lagen für sie ein solcher Frieden und eine solche Freude, dass sie dieses Gefühl jeden Abend wieder erleben wollte. Ob es regnete oder schneite spielte dabei keine Rolle.

Einmal die Dosen leer, verschwanden die ersten Tiere schon in der Dunkelheit. Andere blieben noch einen Moment, nur um zu sehen, ob sie nicht doch noch etwas dabei hatte. Dann tauchten auch die letzten Katzen in der Nacht unter.

Erna blieb still sitzen, verlängerte den Augenblick. Dann sammelte sie mit Mühe die leeren Büchsen mit ihrem Stock ein und schob sie neben den Abfalleimer. Aufheben konnte sie diese nicht. Schließlich stand sie langsam auf und machte sich auf den Rückweg.

Es gab nur eine Person, die ihr Geheimnis kannte, der Verkäufer des kleinen Ladens um die Ecke. Sie bestellte bei ihm per Telefon und er brachte ihr das Futter heim. Der Mann hatte schon beim ersten Mal bemerkt, dass Erna gar keine Katze besaß. Aber nachgefragt hatte er nicht. Daran sah Erna, dass er ein Freund geworden war, denn Freunde fragen dich nie nach dem Weg, sie begleiten dich einfach.

Eines Tages war seine Neugierde jedoch stärker gewesen.

„Wie lange wollen Sie das denn noch machen?", hatte er gefragt.

Erna hat mit den Schultern gezuckt.

„Wie lange? Das weiß nur Gott allein."

Bundeshaus im Schnee

Beobachte eine Gruppe chinesischer Touristen vor einem Souvenirladen und bin ein wenig erstaunt. Ich stelle mir mein Land und diese Stadt nicht als sonderlich interessant vor. Aber ich lebe hier und Gewohnheit ist keine Schwester der Entdeckerfreude.

Habe trotzdem noch nie einen solchen Laden betreten. Wozu auch, die größten Wahrzeichen der Stadt sind gleich um die Ecke. Gebe jedoch zu, dass es in solchen Shops auch schöne Dinge zu kaufen gibt und für gar nicht mal viel Geld. Was schön ist, muss jedoch nicht immer nützlich sein. Und Nützliches macht nicht immer glücklich. Das weiß ich aus eigener Erfahrung.

Zwei Damen werden vor Schneekugeln ekstatisch, die das Bundeshaus unter einer Kuppel aus durchsichtigem Plastik präsentieren. Sie halten die Kugel verkehrt herum, um sie dann unter freudigen Ausrufen herumzureichen. Denke daran, dass ich ja ebenfalls etwas mit heim nehme, wenn ich auf Reisen gehe. Etwas für die Oma, den Opa, den Vetter, den Neffen ... und anderswo wird der Beobachter zum Beobachteten. Irgendwie beruhigt mich das. Wir sind alle nur Menschen.

Die Damen haben sich entschieden, kommen mit je einer Tüte aus dem Laden heraus. Die Gruppe entfernt sich langsam. Sie machen mir Lust, auch einmal so eine Kugel in der Hand zu halten. Ich drehe sie um, damit alle weißen Flöckchen in der Flüssigkeit in Bewegung geraten, und schaue dem Schneesturm um das Bundeshaus zu. Muss zugeben, es liegt etwas Faszinierendes, fast Kindliches in der Freude, die ich plötzlich verspüre. Aber als ich den Preis sehe, stelle ich sie sofort zurück. Schaue dann noch verträumt ins kleine Schaufenster.

Und dann plötzlich dämmert es mir. Warum Asien eine Weltmacht ist und warum ihr Export so gut funktioniert.

„Arbeitsplätze sichern", heißt das Zauberwort.

Anders kann ich mir nicht erklären, warum solche Touristengruppen bis hierher reisen, um Dinge zu kaufen, die in ihrem eigenen Land produziert werden. *„Made in China"* steht auf dem Boden der Kugel. Diese drei Wörter werden für mich - und nun auch für Sie, liebe Leserinnen und Leser - wohl nie mehr die gleiche Bedeutung haben. Irgendwie verstehe ich sie nun ein wenig besser. Bin beeindruckt von der ökonomisch wertvollen Erziehung Chinas.

Ich schaue nachdenklich der Gruppe nach. Ob die etwas davon wussten? Wohl eher nicht.

Und ich denke, das ist auch gut so.

Leere, die und das

Es ist viel zu früh, um wach zu sein. Aber die Nachbarn haben es so gewollt. Haben in ihrem Badezimmer die Nacht weggespült. Mindestens zehn Mal. Will nicht wissen weshalb. Wegen der Bilder. Will es mir nicht vorstellen.

Nicht jetzt.

Das Badezimmer der Nachbarwohnung ist direkt neben unserer Küche. Die Wände haben Ohren seit den späten Siebzigern. Und die Farbe auch. Vor allem die Farbe.

Ich fühle mich irgendwie leer. Wie diese Küche. Unbedeutend. Ist nicht das erste Mal. Der Küchentisch trägt meine trüben Gedanken und kämpft wacker mit mir gegen das Bild tief hängender Wolken draußen. Ich bin traurig, mir ist kalt und nebenan spülen sie die Dunkelheit weg.

Jetzt höre ich auch ihn im Bad. Wasser, das fließt. Er muss in der Dusche sein, denn er singt. Er singt immer unter der Dusche. Ich denke an das heiße Wasser und sein Glück. Warme Wiederbelebungsversuche. Würde auch die Trägheit meiner Gedanken nehmen. Jeden Morgen warte ich hier in der leeren Küche. Weiß selbst nicht, weshalb. Die Nacht war wieder einmal kurz. Er hat das Fenster geöffnet, bevor er ins Badezimmer ging.

Vögel singen und die Lebendigkeit ihrer Melodien unterstreicht einmal mehr meine innere Einsamkeit. Das Lebendige scheint den Raum zu betreten und die Konturen der Leere neu zu zeichnen. Möchte ihre Leichtigkeit haben. Dann könnte ich auch fliegen.

Ich schaue mich um. Alles ist schön aufgeräumt. Riecht nach Zitrone. Zitronenvakuum. Alles hat seinen Platz.

Ich auch. Jeden Morgen.

Mein Magen ist leer, macht ein komisches Geräusch. Sollte mir darüber Gedanken machen. Mir ist immer noch kalt. Aber das Fenster ist ja offen.

Die Uhr an der Wand tickt, gibt den Rhythmus an. Wir könnten eine Band gründen. Singvogel, Uhr und ich. Trio für drei Empfindsamkeiten.

Denke mir Namen für unsere Lieder aus. „Morgen ist der Himmel wieder da", „Schalt bloß die Sonne nicht aus, sonst seh ich nix".

Fühle mich ein wenig besser.

Das Wasser fließt nicht mehr. Er pfeift, befreit den Spiegel mit einem Tuch vom Wasserdampf. Das quietscht einen Moment.

Jetzt verlässt er das Badezimmer, nimmt den Refrain mit in den Korridor. Als er die Küche betritt, hat er das Tuch um seine Hüften geknotet. Er geht zur Kaffeemaschine, schaltet sie ein. Ich könnte unsichtbar sein. Oder Darth Vader. Würde wohl nichts ändern.

Bin schon zu lange hier, denke ich. Aber kommt nicht immer ein Morgen, wo man sich als Möbelstück fühlt? Nur meine Gedanken staubt nie jemand ab.

Die Kaffeemaschine gurgelt. Sie hat Energie. Hat ja bisher auch nichts gesagt. Sie gurgelt, rülpst, furzt und blinkt. Und alles gleichzeitig. Und in verschiedenen Farbtönen. Jeder sollte die Energie einer Kaffeemaschine am Morgen haben. Vielleicht wäre die Welt ein bisschen besser.

Er kontrolliert den Wasserstand, nickt zufrieden und verlässt die Küche, um sich anzuziehen. Er nimmt sein Lied dort wieder auf, wo er es gelassen hat, im Korridor.

Vor mir reinigt sich das schwarze Ding, schluckt Bohnen, die es mit seinen unsichtbaren Zähnen zermalmt. Der Geruch von frischem Kaffee belebt meinen müden Geist. Etwas in mir reagiert. Hoffnung Arabica. Mein Magen in Aufruhr. Wenn der Patient nach Essen verlangt, dann ist er bereits auf dem Weg der Genesung.

Ich gesunde jeden Morgen.

Der Vogel singt immer noch. Er kehrt ins Bad zurück, trocknet sich die Haare. Er singt jetzt. Haben nicht wirklich den gleichen musikalischen Geschmack. der Vogel und er.

Wie ich mich doch manchmal einsam fühle.

Das Fenster steht immer noch offen. Mir ist so kalt.

Er kommt in die Küche zurück, nimmt die mittlerweile volle Kanne Kaffee, kommt an den Tisch und gießt sich seine erste Tasse ein.

Die plötzliche Wärme überrascht mich.

Bin nicht mehr ganz so allein.

Nicht mehr ganz so einsam.

Nicht mehr ganz so leer.

Schließlich warten mindestens ein Dutzend Tassen auf die Chance ihres Lebens. Alle träumen von einem morgendlichen Kaffee hinter geschlossener Schranktür, in vollständiger Dunkelheit. Leben mit der Hoffnung und der Frage nach dem Sinn des Lebens. So ist das halt.

Aber ich bin es, die er jeden Morgen verwendet. Und dafür lohnt es sich, alle Einsamkeit der Welt zu ertragen, oder etwa nicht?

Glückspost

Es ist Viertel nach acht und ich habe es mir auf der Couch so richtig gemütlich gemacht. Bin dabei, mit der Fernbedienung mein abendliches Fernsehprogramm auszuwählen. Das Telefon klingelt.

„Guten Tag, spreche ich mit Herrn Annzermozzz?"

„Und wer will das wissen?", kontere ich etwas missmutig, ist doch die Stimme des Anrufers derjenigen des Tagesschaupräsentators ähnlich. Und der Fernsehmann hat bei mir nie wirklich für gute Laune gesorgt.

„Mein Name ist Meier und ich freue mich, Sie zu erreichen!"

„Ich bin nicht interessiert!" Den Hörer halte ich jedoch bereits zwischen Kopf und Schulter eingeklemmt, während ich mit den Tasten der Fernbedienung kämpfe.

„An was denn bitte? Sie wissen ja gar nicht, um was es da geht!", kommt es spitz zurück.

Ich grunze in den Hörer, habe ich doch endlich den richtigen Fernsehkanal eingestellt. Die Sendung hat noch nicht begonnen, aber eine etwas zu blonde Dame mit strahlendem Lächeln, die ihren Körper in viel zu wenig Stoff gekleidet hat und sich deswegen hin und her rekelt, isst ein Stück weiße Schokolade. Ich grunze zufrieden, da mir Gott noch einige Minuten Werbung schenkt, um mich bei diesem Callcenter-Fritzen, der Meier heißt, zu verabschieden.

„Herr Anserrrrmezz, sind Sie glücklich?"

Im Geiste gehe ich schnell alle mir bekannten Sachen durch, die glücklich machen und die man per Telefon verkaufen kann ... Ferien, Bücher, Spielzeug, Tagescremes, Zahnpasta, Brustoperationen ...

„Nun ja, manchmal schon ...", gebe ich kleinlaut zu.

„Das klingt aber nicht wirklich überzeugend!"

Auf dem Bildschirm hat die Dame in Weiß einem braunen Labrador Platz gemacht, der hüpfend über eine grüne Weide springt. Er sieht aus, als wolle er weiße Wolken schlucken.

„Herr Antzermotz, haben Sie schon einmal daran gedacht, Ihren Glücksanbieter zu wechseln?"

„Öh ... nein ..."

„Vielleicht sparen Sie sich jede Menge Ärger, wenn Sie das tun. Stellen Sie sich vor: Alles, was das Herz begehrt, kompakt verpackt. Ohne Abonnement, jederzeit kündbar. Wir sind eine Firma mit über zwanzig Jahren Erfahrung in Sachen Glück und nur die glücklichsten Kunden sind bei uns! Ich zeige Ihnen gerne, welches Glücksangebot am besten zu Ihnen passt und wie Sie durch die geschickte Kombination mit anderen Gefühlen sogar sparen können! Lassen Sie sich einfach überraschen. Sagen Sie einfach: „Ja, ich will!" und ich sende Ihnen kostenlos unser Starterpaket zu. Und freuen Sie sich darüber, dass Sie, als unser zukünftiger Kunde, bereits heute von unserem einmaligen Spezialangebot profitieren dürfen. Was halten Sie davon, Herr Ansssermmmmozz?"

„Nun ja ..."

„Und das Beste kommt zum Schluss: Bei mir kostet Sie das Starterpaket nicht fünfzig Franken, nicht zwanzig Franken, nicht einmal einen Franken, nein, es ist kostenlos! Ist das nicht ein glücklicher Moment? Zudem ist im Grundtarif alles drin, was man zum Glücklichsein braucht, denn Glück ist kein Zufall. Herr Antzermotzz, haben Sie sich schon gefragt, weshalb so viele Menschen zu Glückssuchern geworden sind? Sie kaufen teure Bücher, besuchen Seminare oder kosten- und zeitintensive Psychotherapien. Stellen Sie sich vor, Sie könnten das alles umgehen. Wir haben Spezialisten bei uns, die sich schon seit über zwanzig Jahren mit Ihrer Zufriedenheit auseinandersetzen. Unsere Pakete wurden intensiv getestet und zählen nunmehr zu den beliebtesten auf dem Markt. Lassen Sie sich überraschen. Sie riskieren nichts, denn es ist ja kostenlos."

Auf dem Bildschirm kommt nun die Vorschau für einen Film mit bärtigen Kriegern, die in einer Nebellandschaft irgendetwas hinterherjagen.

„Im Grundpaket ist alles inbegriffen, was man zum Glücklichsein braucht. Eine Einführung ins

Lachen, Gutscheine für Ihr Lieblingseis im Doppelpack für den Preis eines halben, wunderschöne Postkarten von Sonnenblumen, ein Buch mit den Adressen der besten Masseure Ihrer Wohnregion, eine Hängematte und eine CD mit Kinderlachen vor Vogelgezwitscher in einer Berglandschaft mit nahem Bergbach und natürlich nehmen Sie an einem Wettbewerb teil, der es Ihnen vielleicht ermöglicht, einen glücklichen Kurzurlaub zu gewinnen! Das ist unser Angebot, wechseln Sie jetzt Ihren Anbieter und seien Sie schon der erste glückliche Kunde von Morgen!"

Die Programmvorschau neigt sich dem Ende zu und ich versuche mich zu erinnern, wie man solche Anrufe mit Würde beendet.

Es gibt da den Trick, sich das Ganze mehrmals wiederholen zu lassen, doch dafür habe ich weder Lust noch Zeit. Feilschen kann ich auch nicht, das Angebot ist kostenlos und unverbindlich. Ich könnte auch anmerken, dass ich nicht weiter in dieser Beziehung mit Meier gehen will. Vielleicht sollte ich sagen, dass ich eine Glücksallergie habe. Vielleicht sollte ich auch einfach aufstehen, ins Bad gehen und die Klospülung mehrmals neben dem

Telefonhörer betätigen. Das hilft oftmals. Ich entscheide mich schließlich für etwas anderes.

„Einen kleinen Moment bitte, ich gebe Ihnen meinen Vater", informiere ich den Mann. Dann geht's ins Schlafzimmer, wo ich das Radio anmache. Ich wähle einen Wirtschaftssender in englischer Sprache und stelle den Telefonhörer einfach davor. Gleich darauf höre Meier den Radiosprecher begrüßen.

Glück ist kein Ziel.

Es ist eine Art zu leben.

Mann im Spiegel

Ich kenn einen Mann, der schaut mich immer erstaunt an, wenn ich das Licht anmach im Badezimmer.

Er hat viele Gesichter und jedes von ihnen spricht von Zeit und Raum, die zwischen uns stehen. Und während ihre Zahl in den Jahren stetig zunimmt, wird der Traum zwischen uns immer kleiner. An manchen Morgen berühren sich unsere Schatten schon fast. Die unter den Augen und die anderen, in meinem Kopf.

Manchmal hör ich deswegen gar nicht mehr zu, schalt das Licht gar nicht mehr ein. Ab einem bestimmten Alter muss man sich nur noch selber gefallen.

Gefallene Zeit schleicht sich an, gleicht sich an die Schatten an, die ich zu sehen glaub, beim Mann im Spiegel. Ich hab ihn durchschaut, leg Wert auf den Abstand zwischen uns. Er ist nicht ich, die Zeit gehört nicht mir. Und verantwortlich bin ich nur dafür, wie ich damit umgehe.

Acht geben, dass die Zeit sich nicht verirrt, nicht vergeht, denn dann zerrinn ich mit ihr. Sie jede Minute, jede Sekunde bei mir spüren, dass ich nicht im Nachhinein eifersüchtig werd, auf die verpassten Momente.

Der Mann im Spiegel ist älter als ich. Das sieht man deutlich, denn ich fühl mich nicht so, wie er mich anschaut, als würde er mich an manchen Morgen nicht mehr erkennen, nicht wieder, nicht immer. Dann lach ich und er lacht zurück. Und alles ist wieder im Lot der Gefühle, bis auf die Haarsträhne, die ihm silbern in die Stirn fällt.

Man sollte immer mit einem Lachen beginnen. Immer zuerst ein Licht anmachen. Im Badezimmer oder anderswo. Die Schatten vertreiben, in die Ecken und hinter die Schranken. Sie zurückweisen. Aus Elefanten wieder Mücken machen, die ein Lachen vertreiben kann.

Und trotz allem ist der Mann im Spiegel mein bester Freund. Ich wär traurig, wenn er eines Morgens nicht auf mich warten würde. Und wenn jemand mich einmal fragen sollte, wer meine große Liebe ist, dann möcht ich nicht erst Erinnerungen an gemeinsame Momente heraufbeschwören müssen, sondern mich einfach umdrehen.

„Da steht er."

Der Mann im Spiegel würde sich bei meinen Worten leicht verneigen, um mir dann fröhlich zuzulächeln.

Liebe ist keine Einbahnstrasse

Die Tür rastet mit einem schleifenden Geräusch ein. Gedränge in den Gängen. Jeder sucht eine Nummer. Der Platz am Fenster, derjenige am Gang. Der eine braucht das Licht, der andere das Gefühl, sich jederzeit frei bewegen zu können, wann immer er es für nötig hält.

Sie hat es sich schon gemütlich gemacht, gleich beide Sitze mit einbezogen und blickt die Menschen an, die an ihr vorbeigehen. Mit beiden Händen bearbeitet sie ihre Haare, kontrolliert Elastizität, Länge, Spitzen und vielleicht auch die Farbe. Eine große Brille lässt ihre Augen angstvoll erscheinen.

Der Mann wirft nur einen kurzen Blick auf den von ihm reservierten Sitz neben ihr und setzt sich dann etwas weiter in eine freie Reihe. Sie wirkt fast enttäuscht, hat sich wohl jemand anderen vorgestellt. Ihr Blick sucht den jungen Mann immer wieder, als wolle sie sich vergewissern, dass er sie auch bemerkt hat.

Zwei Minuten später muss er seinen Platz räumen, sie ihren Nebensitz und dieser Umstand, seine Höflichkeit und ihre Erwartungen, vervollständigen das unsichtbare Band ihrer Begegnung. Es finden sich sofort Worte, die beide verstehen. Sie lächelt, er wirkt amüsiert. In jeder Lebensgeschichte findet sich mindestens etwas, das zum anderen spricht.

„Ich auch", sagt man dann, „ ich auch."

Und wenn nicht, dann nickt man und versucht zu verstehen. Menschsein heißt mitteilen und der Zug ist voller Zeit. Beide sind nicht mehr die Jüngsten und doch nicht zu alt, so dass Erfahrungen und Hoffnungen zu gleichen Anteilen am gegenüberliegenden Interesse schuld sind.

Sehr schnell weiß er viel über sie. Ihren Tagesablauf, wie der Ex war, dass sie Schwestern hat und gleich zwei, ihre letzte Reise nach Mallorca und ihre Vorliebe für Tiere, vor allem Delfine, da diese ja bekanntlich intelligenter sind, als Menschen je sein werden.

Sie weiß, dass er in einer Bank arbeitet.

„Ich liebe die Wolken", sagt sie, während sie sich die Haare mit den Händen kämmt. Sein Blick gleitet von ihrem abgewandten Gesicht zu ihren Brüsten und dann nach draußen. Das Farbenspiel gibt was her. Kleine blaue Inseln untermalen formenreiches Weiß. Filigrane Anordnungen scheinen den Zug zu begleiten. Sie blickt schnell zu ihm, um zu sehen, ob er ihr zuhört.

„Sie haben so etwas Sanftes, Romantisches."

„Wasser, nichts als Wasser", denkt er. Wie Zucker zu Zuckerwatte wird, wird Wasser zu Wolken. Er lehnt sich ein wenig vor.

„Wie Zuckerwatte", sagt er.

Sie lächelt ihn glücklich an. „Würd ich jetzt gern nehmen."

„Hab ich auch schon lange nicht mehr gehabt", so er.

Ein Gegenzug lässt die Scheiben vibrieren. Sie schreckt zurück. Sie berühren sich. Schulter an Schulter. Er macht keine Anstalten, ihr Raum zu geben.

Wie eng die Gleise gelegt werden. Da fehlen stets nur Zentimeter. Und bei der Geschwindigkeit ...

Er sieht bereits Helikopter, die kreisend landen, große Löschfahrzeuge, Ambulanzen, deren Sirenen die Stille zerreißen, umgekippte Waggons. Er sieht sich aus dem Zugwrack steigen, sie in den Armen haltend, während überall um ihn Flammen hochschießen. Zeitungen sprechen von unzähligen Toten.

Sie lässt die Berührung einen Augenblick länger gewähren, als die Überraschung sie eigentlich zugelassen hätte. Rosa Wolken, wie Zuckerwatte. Sie hat plötzlich den Geschmack im Mund und Kindheitserinnerungen im Kopf.

Große Feste mit einer Unzahl an Schießbuden. Es riecht nach Pommes und Wurst. Ein Karussell. Es dreht sich. Sie dreht sich in ihrem Lebensbild. Ihr Vater verschwindet und plötzlich ist er wieder da. Er winkt und lächelt. Ein wenig benommen von den Drehungen hebt er sie auf stabilen Boden. Und jetzt eine Wolke zum Essen. Süß und rosa. Und ein Luftballon in Form eines Delfins. Blau wie der Himmel, blau wie die Freiheit.

„Kinderträume", sagt sie. Er nickt.

„Wollte früher Rettungssanitäter werden", erzählt er.

„Nicht Pilot? Alle Jungs wollen doch Pilot werden, oder?" Große Augen hinter großen Brillengläsern.

„Das auch", denkt er, sagt aber nichts.

„Ich wollte Krankenschwester werden", erwidert sie. „Andern helfen. Wir haben etwas gemeinsam."

Er weiß nicht, ob sie als administrative Hilfe in einem Großdetailhandel und er als Bankangestellter und zukünftiger Vermögensverwalter wirklich die Gemeinsamkeit haben, jemandem helfen zu können. Doch er lächelt tapfer.

Der Zug fährt mit herabgesetzter Geschwindigkeit durch einen seelenlosen Bahnhof, zu schnell jedoch, um den Namen auf den Schildern lesen zu können.

Die Wolkendecke ist nun homogen grau. Keine blauen Inseln mehr. Träume verschwinden mit der Zeit und eh man es kapiert, ist man erwachsen. Wo hatte er seine verloren? Wann war das gewesen? Hören alle Männer auf zu träumen, irgendwann?

Sie hat das Wort „gemeinsam" benutzt und das macht ihn plötzlich einsam. Er sieht die Dinge anders. Eine leichte Gereiztheit macht sich breit und er lehnt sich in seinem Sitz zurück.

Seine Bewegung verunsichert sie. Was weiß sie schon über ihn?

Kühe wie Flecken auf dem grünen Gras lenken seine Aufmerksamkeit ab. Und sie erzählt ihm von ihrem Ex-Freund und dem Mutterkomplex, den er ihrer Meinung nach hat.

„Er braucht jemanden, der immer für ihn da ist, der nach ihm schaut. Und ich kann das nicht. Es muss doch auch etwas zurückkommen. Liebe ist keine Einbahnstraße."

Er nickt und sie fährt fort, spricht über die Beziehung zwischen ihrem Ex und dessen Mutter. Doch er hört nicht mehr zu.

„Liebe ist keine Einbahnstraße", hat sie gesagt.

Eine Frau kommt den Mittelgang entlang. Sie geht vorbei. Bewegung ist plötzlich spürbar. Schlafende werden wach. Einige beginnen die Sachen zu verstauen, die sie bei der Abfahrt hervorgeholt haben. Eine Stimme über den Lautsprecher kündet die nahende Haltestelle an.

Liebe, wie alles im Leben, braucht Akzeptanz.

Die Tür öffnet sich mit einem schleifenden Geräusch. Sie winkt ihm kurz zu, als sie vor dem Fenster vorbeigeht. Gedränge in den Gängen. Jeder sucht eine Nummer. Der Platz am Fenster, derjenige am Gang. Der eine braucht das Licht, der andere das Gefühl, sich jederzeit frei bewegen zu können, wann immer er es für nötig hält.

Längts no zum Pressiere?

„Längts no zum Pressiere?", fragt das kleine Mädchen mit den blassen, großen Augen die Frau, deren Hand sie sich nicht loszulassen getraut. Nicht in diesem Moment, nicht hier. All diese Menschen mit ernsten und müden Gesichtern, all diese Leute in Grau und Schwarz. Sie hat noch nie so viele Menschen auf einmal gesehen. Und so viele Farben in den Schaufenstern.

„Säg, längts no?" Es klingt ängstlich, als hinge viel von der Antwort ab, die nicht kommt. Als könnte eine Welt verschwinden, einfach so, mit den letzten Lichtern eines davoneilenden Zuges. Die Mutter zieht das Kind mit sich. Vielleicht ein bisschen zu angespannt, vielleicht ein bisschen zu sehr in ihrer eigenen Welt.

Das beunruhigt das Mädchen nur noch mehr, diese Ferne und dieses Schweigen. Es bleibt stehen. Die Mutter braucht ein, zwei Schritte, um mit der Realität aufzuholen, ehe sie es bemerkt. Ihr Arm, der immer länger zu werden scheint, wird abrupt zurück gerissen. Die kleine Hand hält die große fest, als würde sie die andere führen und nicht umgekehrt.

„Ich kann nicht mehr", sagt ihr Blick. „Schau mich an, ich bin müde. Ich will nicht mehr."

Und die Mutter, im Strom der nach Hause Eilenden, wird zur Insel in der Bewegung, dreht sich um und blickt das Mädchen überrascht an. Auch sie hat blasse Augen.

Die Kleine setzt sich auf den Boden, ohne die Hand loszulassen. Sitzt auf dem Boden, den blonden Haarschopf und die rote Jacke nun auf Kniehöhe. Sie sieht nur noch Beine um sich herum, spürt die Blicke auf sich ruhen. Etliche amüsiert, andere fragend. Einige wenige vorwurfsvoll. Aber das ist ihr egal.

Die Mutter macht einen Schritt auf die Tochter zu und geht in die Hocke. Sie könnte argumentieren, versuchen das Mädchen umzustimmen, ihr Mut machen oder eine Belohnung in Aussicht stellen. Irgendetwas, um die Blicke abzuwenden und sich wieder in die Menge einzubringen. Sie streicht ihr über den Kopf, ganz sanft, wischt ihr eine blonde Haarsträhne aus den Augen. Dann blickt sie sich um.

Sie hätte das Kind vielleicht sogar dazu bewegen können, aufzustehen. Sie tut es nicht. Ihre Regungslosigkeit macht sie einsam. Und doch scheint es ihre plötzliche Zweisamkeit zu sein, die die Welt ausgrenzt. Der Fluss des allabendlichen Personenverkehrs hat seinen Stein gefunden. Die beiden zeichnen Bewegungen in die Menge. Menschen hasten an ihnen vorbei, weichen ihnen aus.

Die Mutter setzt sich dem kleinen Mädchen gegenüber. Ein Lächeln huscht über ihre Wangen. Beide sitzen auf dem Boden, sich zugewandt, dass es Lust macht, sich ebenfalls hinzusetzen. Ebenfalls auszusteigen. Aus dem Rhythmus, aus dem Alltäglichen. Ist es eine Einladung oder eine Aufforderung? Ist es die Mutter oder ist es das Mädchen?

Der Strom der Menschen verlangsamt sich. Die Ersten bleiben stehen. Die Nächsten bleiben stehen, weil die Ersten stehen geblieben sind. Der Stein zeigt seine Wirkung.

Plötzlich gesellt sich ein anderes Mädchen hinzu. Sie lächelt und setzt sich ebenfalls hin. Zwei Jugendliche treten aus der Menge, beide eine Dose Bier in der Hand. Dann ein Mann im Anzug. Und zwei Freundinnen. Der Stein wächst zur Insel im Abendverkehr, mäßigt die Geschwindigkeit des Alltags. Schließlich sind es zwanzig, dann dreißig Sitzende. Und viele, die stehen und schauen und miteinander reden. Dann vierzig. Dann erscheinen zwei Polizisten und langsam löst sich die Insel wieder auf.

„Längts no zum Pressiere?", fragt das Mädchen, als sie langsam davonschlendern.

„Es längt immer zum Pressiere", antwortet die Mutter. „Mängmau mues me eifach e Zug derfür la fahre."

Früher war alles besser, heute auch nicht

Wir hatten getrunken. Dann gegessen und getrunken. Dann nochmals eingeschenkt, bis wir den sommerlichen Abend in wattiger Wiedersehensfreude ertränkten. Und niemand wollte gehen. Und niemand wollte etwas daran ändern.

Wir sprachen über Franzosen, die sich für Russen hielten, Russen, die sich wie Amerikaner benahmen und die Boni der Banker.

„Früher war sowieso alles besser."

„Heute auch nicht."

„Du klingst philosophisch, wenn du getrunken hast."

Und dann war plötzlich eine Stille eingekehrt.

„Auf unser Wohl!"

„Jawohl!"

„Hast du gut gesagt. Auf uns!"

Gläser klirrten, in der vom Tag zurück-
gebliebenen Wärme.

„Früher hatten Junge eine berufliche Aussicht."

„Was sie sahen, weiß ich nicht, aber es dauerte
oftmals länger als heute."

„Heute holen sie die Lehrlinge schon im
Ausland. Stand in der Zeitung."

„Und was machen wir mit unserer Jugend?"

„Welche Jugend denn? Dachte wir werden
immer älter ..."

„Was meint ihr, wie lange hält die
Vorsorgekasse?"

„Die stirbt vor dir ..."

„Hast du Marmelade da? Etwa Erdbeer?"

„Und dann beklagt man sich über Arbeits-
losigkeit."

„Darauf hätte ich gerade Bock ..."

„In Zürich sind schon über zehn Prozent der
Arbeitenden Europäer ..."

„Sind wir doch auch."

„Nein, sind wir nicht. Wir wohnen nur
mittendrin."

„Weiß jemand, wie man Marmelade macht?"

„Sind wir doch. Ohne *Big Mama* könnten wir nicht leben."

„*Big Mama* ist die Schwester der *Helvetia*. Ist doch alles abgeguckt."

„Da sind nur Beeren drin und Zucker. Sonst nix."

„Nur kriegt niemand den Doktortitel dafür."

„Gut so, dann kann niemand ihn dir wieder wegnehmen."

„Meine Fresse. Würden wir die Leute ohne Arbeit wirklich zählen und nicht nach zwei Jahren aus den Statistiken werfen, wären wir gleich wie andere Länder auch."

„Flecken wäscht man ja weg."

„Mit Statistiken."

„Und Erdbeermarmelade."

„Wir beklagen uns auf hohem Niveau, meine Freunde."

„Der Sack hat ein Loch. Ob er nun vom Aldi kommt oder von Louis Vuitton: Dinge fallen raus."

„Im Aldi gibt's gute Marmelade."

„Und was auf dem Boden liegt, sollte man nicht anfassen."

„Wir wollen doch nur helfen. Uns fehlt in vielen Berufen der Nachwuchs."

„Unsere Jugend wird eben älter."

„Geht ja heute auch bis achtzig ungefähr. Dann kommt der Tod."

„Auch abgeguckt."

„Helfen ja, aber solange es etwas einbringt."

„Ein hilfsbereites Land."

„Eine neutrale Hilfsbereitschaft."

„Tönt nach Pfadfindern."

„Und roten Taschenmessern."

„Und wie."

„Hilfe kostet selbst in einem neutralen Land."

„Und wer gewinnt dabei? Die Banken!"

„Banken brauchen Geld."

„Ich auch."

„Müssen gefüttert werden."

„Ich auch."

„Hungrige Spatzen."

„Kuckuckskinder eher. Im Nest unseres Vertrauens."

„Du wirst pathetisch, wenn du getrunken hast."

„Lieber pathetisch als ... ach lassen wir das."

„Wir sind doch alle auf demselben Dampfer."

„Ja und der braucht Kohle. Sonst kommt man gar nicht mehr voran."

„Sonst geht nix mehr."

„Unser Land, ein einziges Kohleunternehmen."

„Braucht frisches Blut."

„Und das holen wir im Ausland."

„Und wenn sie da sind, ist es auch nicht gut."

„Du klingst philosophisch, wenn du getrunken hast."

„Hast du schon einmal gesagt."

„Ach wirklich?"

„Zuerst Lösungen vorgeben und dann mit dem Finger darauf zeigen."

„*Big Mama* eben."

„Früher war alles besser."

„Wir würden das anders machen, gell?"

„Ganz viel anders."

„Aber weiß nun jemand, wie man Marmelade macht?"

Dann sprachen wir noch über das *Big-Papa-Syndrom*, also die amerikanische Art Konflikte zu lösen, den Kleidungsstil unserer Bundesrätinnen und das Sexualleben der Schlümpfe.

Und dann machten wir eine neue Flasche auf.

Wie ein Ball

Und trotzdem werde ich eines Tages Fußballer.

Nicht in einem zweitklassigen Stadtverein wie mein Vater, aber in einem großen Stadion. Und ich werde die Nummer 10 tragen. Die, die jeder haben will.

Mein Vater sagt, es ist gut, ein wenig zu träumen. Jeder große Mann habe das in seiner Kindheit getan. Meine Mutter sagt nichts, sie träumt noch.

Es sind gerade mal dreihundert Meter bis zum Fluss. Unzählige Schritte und einige Freiheiten. Ich gehe gern zum Fluss. Dort kann ich mich auf meine Gedanken setzen und dem Wasser zusehen, wie es am Ufer entlanggleitet. Und wenn ich schlecht gelaunt bin, dann werfe ich Steine und schreie mein Leben an. Hört sowieso niemand, unten am Fluss. Und wenn es kälter wird, dann kann ich mich immer noch vom Strom treiben lassen. Früher oder später kommt man so ans Meer. Frage mich, ob es große Stadien gibt, dort wo das Meer ist.

Ich bin nie wütend. Ich ärgere mich nur oft. Verfehlte Verabredungen zum Beispiel liegen mir nicht. Habe dann ein komisches Gefühl im Magen. Wie ein Stein im Wasserbett.

Meine Mutter sagt das über meinen Vater. Ich sage das über meine Mutter. Mein Vater ärgert sich nie, er ist wütend. Die ganze Zeit. In letzter Zeit gibt es viele solcher Verabredungen, und wenn ich sie alle sammeln würde, könnte ich ein ganzes Panini-Heftchen damit füllen. Es gibt verschiedene Arten von Verabredungen. Einige sind wichtiger als andere. Ich könnte Gruppen bilden und sie gegeneinander spielen lassen, aber letztendlich bin es immer ich, der darunter leidet.

Heute hatten wir bis Mittag Schule. Als ich heimkam und die Wohnungstür mit dem Schlüssel aufschloss, den ich immer um den Hals trage, um ihn nicht zu verlieren, wusste ich sofort, dass niemand auf mich wartete. Das Haus ist groß und leer und still.

Mein Vater hatte uns mit ganzem Stolz vor einigen Monaten angekündigt, dass wir umziehen würden, unsere kleine, alte Wohnung in der Stadt verlassen würden, um in einem Neubau außerhalb zu leben. Wir würden mehr Platz haben und einen Garten.

Ich weiß immer noch nicht, ob man die Größe einer Leere messen kann, aber das Haus ist voll davon. Es gibt überall Leere. Auf den weißen Mauern, in den eingebauten Schränken. Sie räkelt sich auf dem Sofa, kriecht in den Fluren und singt in der Küche.

Alles ist neu, alles ist wunderschön. Und nichts macht irgendwie den Lärm des Lebens. Sogar der Boden schweigt. In unserer Wohnung in der Stadt wusste ich immer, wer aufstand, nur vom Stöhnen des Holzes. Ich hörte die Nachbarn sich streiten und musste mir die musikalischen Vorlieben anderer anhören. Aber irgendwie lebte der Ort.

Hier fühle ich mich nicht zu Hause. Hier bin ich irgendwo und nirgends zugleich. Wie ein Wartesaal, aber ohne zu wissen, ob ich den Zug oder das Flugzeug nehmen werde. Doch wenn ich genau darüber nachdenke, würde ich lieber das

Flugzeug nehmen. Man kann sehr weit fliegen und dort landen, wo einen niemand mehr findet.

Im Flur blinkte der Anrufbeantworter. Ich schaute ihn an. Wieso sollte ich mir eine Nachricht anhören, wenn ich deren Inhalt bereits kannte? Wir hatten vor, einige Einkäufe zu tätigen und dann ins Kino zu gehen. Meine Mutter hatte es mir versprochen. Und ich hatte ihr geglaubt. Jetzt hatte sie sicher einen kurzfristigen Termin, eine Sitzung, einen anderen Kunden. Alles für die anderen.

Und ich und die Leere warten, dass diese Einsamkeit wieder verschwindet.

Ich mag keine verfehlten Verabredungen.

Seit ich hierher gezogen bin, habe ich keine Freunde mehr. Meine Freunde leben in der Stadt. Hier bin ich immer allein. Manchmal nehme ich eine Packung Kekse mit zum Fluss, manchmal ein Buch. Aber es hilft nicht lange.

Unser Haus steht inmitten anderer, die gleich aussehen. Ein ganzes Quartier wurde hier aus dem Boden gestampft. Einige Häuser wurden verkauft, andere standen leer. Die meisten stehen leer. Die Banken haben mit günstigen Zinsen geworben und auch tatsächlich einige Käufer gefunden. Zehn

Häuser sind nun bewohnt, die anderen warten auf bessere Zeiten. Manchmal kommt jemand und mäht den Rasen, kümmert sich um einen Garten, wenn die Bank wieder einen potentiellen Käufer gefunden hat. Aber mehrheitlich habe ich die Wahl der Terrasse.

Mein Vater hat mit meiner Mutter über seine Arbeit gesprochen, die nach dem Umzug auf ihn wartete. Die Zeiten waren nicht einfach. Es brauchte viel mehr Geld fürs Haus, als er ursprünglich erwartet hatte. Mehr Arbeit also. Ich glaube, jemand hat meinen Vater reingelegt. Ich habe ihn von einem Banker sprechen hören, der nicht sehr nett mit netten Leuten umgeht und so einiges verschwiegen hat. Und da wurde er nicht wütend, sondern zornig. Und der Zorn meines Vaters ist groß. Viel größer als die Leere und plötzlich hast du das Gefühl, das Haus sei zu klein für solch starke Gefühle. In diesen Momenten holt er sich eine Flasche aus der Bar und trinkt ohne Glas. Und dann beruhigt er sich wieder.

Dann wird er wieder mein Vater, derjenige, der nun viel mehr arbeitet, um seiner netten Familie ein Haus zu bezahlen, derjenige, der nicht mehr träumt.

Manchmal ist das Leben nicht gerecht mit den Gerechten. Wenn ich groß bin und die Nummer 10 auf dem Rücken trage, dann möchte ich, dass dieser Herr Banker mir auf dem Fußballfeld gegenübersteht. Dann kann ich ihn besiegen und ihm zeigen, dass mein Vater recht hat. Meinen *Ballon d'Or* würde ich allen netten und gerechten Familien widmen.

Aber wenn es mir nicht gut geht, dann liebe ich es, am Flussufer zu sein. Das Wasser bewegt sich immer von rechts nach links. Es scheint, als ob die Zeit hier nicht mehr existieren würde. Es gibt keine Stunden mehr, keine Erwachsenen. Und Freunde habe ich hier noch fast keine.

Darum mag ich Stefan.

Er geht in eine andere Klasse, aber er hat mein Alter. Er ist ein Einzelgänger, wie ich mich fühle. Er hat auch alles schon erlebt. Wie die Kandidaten in den Realityshows im Fernsehen, welche ich mir mit meiner Mutter angucke. Die haben alle eine schwere Kindheit, etwas Schreckliches, mit dem sie leben müssen. Einen zu früh verstorbenen Verwandten, einen asthmatischen Goldfisch, einen dreibeinigen Hamster. Irgendwas in der Art eben. Ich hatte eine Katze, die verstarb, als ich fünf Jahre alt war, und hätte ich nicht die Fotos, um sie mir in Erinnerung zu rufen, wüsste ich nicht einmal mehr, wie sie aussah.

Stefan lebt allein mit seiner Mutter. Seine Eltern sind verschieden und geschieden. Er hatte seine Tragödie und deshalb ist er ein Einzelgänger. Schweres trägt man allein. Und es ist ganz normal, dass seine Mutter arbeiten muss und dass deshalb niemand zu Hause auf ihn wartet, wenn er von der Schule heimkommt. Sie ist ja alleine mit ihm und muss Geld verdienen.

Später wird er sicher ein Rebell, ein James Dean der Vorstadt, ein Robin Hood der Herzen. Irgend sowas. Man sagt ja, dass es ein Kind in alleinerziehenden Familien nicht einfach hat. Wenn ich Stefan glauben schenken darf, ist das eher ganz cool. Du bekommst doppelt so viele Geschenke an Geburtstag und Weihnachten. Du hast zwei Zimmer an zwei verschiedenen Orten. Und manchmal hast du zwei Väter, weil dein Vater nun mit einem anderen Mann zusammenlebt.

Was hingegen niemand wahrhaben will, ist, dass eine Familie, wo Vater und Mutter zusammenleben, manchmal schlimmer sein kann. Denn oftmals hat niemand Zeit für dich.

Zu Hause bleiben dir dann die Fliegen im Sommer und ihre Spuren auf den Fenstern im Winter.

Die Fliegen gehen in den Süden im Winter. Das habe ich in einem Dokumentarfilm im Fernsehen gesehen. Es ging da um ein Land, wo das ganze Jahr Sommer ist. Und es gab so viele Fliegen dort, dass unsere sicher auch dort waren. Ist nur logisch, denn hier gibt es im Winter keine.

Wie das Wasser, das in den Süden fließt. Und die Vögel, die gehen ja auch. Wie ich manchmal fliegen können möchte. Das muss wahrlich ein schönes Gefühl sein, zu schweben. Einfach loszufliegen. Irgendwohin. Nur die Flügel auszubreiten und sich vom Wind tragen zu lassen.

Habe aus der Schule einen Drachen ans Flussufer mitgebracht. Den haben wir selber gemacht. Mit rotem und gelbem Papier und ganz vielen bunten Papierstückchen am Schwanz. Ich habe elf davon gemacht. Eine richtige Mannschaft.

Der Schwanz ist sehr wichtig für die Flugqualität. Er sollte auf jeden Fall mindestens drei Meter lang sein. Man muss auch auf den Winkel zwischen den Leisten achten. Er muss rechtwinklig sein. Wie ein Lattenkreuz, der Raum zwischen Latte und Pfosten beim Fußballspiel. Ein rechter Winkel kann dich nicht belügen. Das ist fast so wie eine gerade Linie. Ich liebe es, ihn fliegen zu sehen, wie er da über dem Wasser schwebt.

Und irgendwie fühle ich mich dann frei. Wie ein Vogel.

Freiheit wird durch rechte Winkel geboren und durch die richtige Flugbahn im Wind.

Wie ein Ball.

Und deshalb will ich Fußballer werden.

Rosinenbrötchen

Die Frau blickt in ihre Auslage. Ihre Augen sind schneller als ihre Hände, die in jahrelang eingeübter Manier die Ware zurechtrücken.

„Was darf's sein?" Ihre knorrige Stimme richtet sich an mich, an die Kunden hinter mir, den Laden, Gott und die NSA. Ich räuspere mich kurz.

„Nun, einen schönen guten Morgen erstmal." Keine Reaktion. Sie blickt nicht einmal auf.

„Ja?"

„Ich möchte ein Brötchen mit Rosinen und einen Kaffee."

Ihr erster Blick verfehlt mein rechtes Ohr nur ganz knapp. Instinktiv ducke ich mich unter dem Unmut weg, der mir da entgegenkommt. Es ist morgens, Viertel vor acht. Viele Leute in der kleinen Take-away-Bäckerei. Nun gut.

„Eingepackt bitte", füge ich hinzu. Sie nickt.

„Als Geschenk." Sie hält inne. Ihre Nasen-flügel beben kurz. Hinter mir spüre ich den nächsten Kunden. Als ich mich kurz umdrehe, stehen da schon fünf weitere. Vielen von ihnen fehlt die Zeit, sind sie doch zwischen zwei Zügen.

„Wie bitte?", knarrt die knarrige Stimme. Ich wende mich wieder der Verkäuferin zu.

„Den Kaffee mit etwas Milch und Zucker. Zum Sofort-Trinken. Und Sie?"

„Wie ich?"

„Den Kaffee: Schwarz oder als Milchkaffee? Nein, Sie trinken ihn sicher als Espresso. What else?" Bin mit meinem Smalltalk zufrieden, lächle ihr aufmunternd zu. Hinter mir beginnt es, auf die Uhr zu schauen. Sie wechselt das Standbein, greift zur Zange. Ich schaue in die Auslage.

„Oh", sage ich. „Das Brötchen. Mit Rosinen und eingepackt. Als Geschenk."

„Haben wir nicht." Sie wechselt erneut das Standbein. Beunruhigt blickt sie über meine Schulter. Die Menschenmenge wird immer größer.

„Haben Sie doch", sage ich triumphierend.

„Ich seh sie ja, die Rosinenbrötchen!"

Hilfesuchend blickt sie sich um.

„Oder haben Sie noch welche von gestern? Die sind doch bestimmt billiger. Und bei einem Geschenk weiß man ja nie, ob's munden wird oder nicht. Da möchte ich nicht zu viel ausgeben. Haben Sie noch Brötchen von gestern?" Sie blickt mich irritiert an, schüttelt den Kopf, der langsam einen rötlichen Farbton annimmt.

„Vergessen Sie's einfach. Nehme doch eines von heute. Eingepackt bitte", sage ich schnell

„Machen wir nicht."

„Was denn bitte?", frage ich.

„Geschenke", sagt sie.

„Ich bezahl das Brötchen doch auch", empöre ich mich. Sie schaut sich wieder hilfesuchend um. Doch all ihre Kolleginnen sind ebenfalls am Bedienen. Hinter mir beginnt es, zu murren. Jemand scharrt mit den Füßen. Einige verlassen den Laden wieder. Höre sogar jemanden schnauben.

„Was wollen Sie denn jetzt?", fragt sie gereizt.

„Ein Brötchen mit Rosinen und einen Kaffee. Eingepackt als Geschenk", wiederhole ich.

„Habe ich Ihnen doch schon gesagt. Mache ich nicht." Entnervt schießt sie mit nunmehr wütenden Blicken um sich.

„Wenn nicht Sie, dann vielleicht Ihre Kollegin?", versuche ich es und deute vielsagend auf eine opulente Blondine mit charmantem Lächeln.

„Auch die nicht. Keine Geschenke."

Die Menge hinter mir wird ungehalten. Jemand ruft etwas. Mittlerweile kommen die Kunden gar nicht mehr in den Laden rein, so viele Leute sind da. Viele wollen einfach sehen, was da passiert. Der Vorgesetzte tritt hinzu.

„Was gibt's?", fragt er die Verkäuferin.

„Der Herr will ein Geschenk", antwortet sie.

„Und was will er denn, der Herr?"

„Ein Rosinenbrötchen."

„Ihre Verkäuferin sagt, das macht Ihr nicht. Aber ich sehe sie ja", bringe ich mich direkt ins

Gespräch ein. „Sie sind da." Mit dem Finger zeige ich in die Auslage.

Hinter mir beginnt es laut zu werden. Mittlerweile ist auch die Bahnhofspolizei auf die Menschenansammlung aufmerksam geworden. Zwei Uniformierte nähern sich. Falls es etwas gratis gibt, wollen die auch profitieren. Bei den Löhnen heutzutage. Jemand schießt Fotos. Der Verantwortliche schaut über mich hinweg, wägt ab, wie lange er brauchen würde, um mit mir fertig zu werden. Dann trifft er eine Entscheidung. Die Verkäuferin presst die Lippen aufeinander. Sie schäumt innerlich wie ein Bier beim Oktoberfest. Er nimmt ein Brötchen aus der Auslage und gibt es mir.

Ich schaue ihn erstaunt an, bedanke mich dann aber artig. Langsam kämpfe ich mich durch die Menschenmasse, merke wie schlecht meine Zeitgenossen am Morgen gelaunt sind. Frage mich weshalb. Im Vorbeigehen grüße ich die Polizisten höflich und verlasse den zum Bersten vollen Laden. Jetzt brauche ich nur noch einen Kaffee.

Lichterkreise

Als meine Schwester an jenem Tag klingelt, bin ich dabei, meine Wohnung zu putzen. Habe irgendwie ein schlechtes Gewissen, als ich den Eimer mit heißem Wasser in eine Ecke stelle und schnell im Vorbeigehen mit einem Lappen das Schuhmöbel im Eingang abstaube. Ich habe ihren Wagen gehört, als sie auf den Parkplatz fuhr. Er macht ein noch nie anderswo gehörtes Geräusch. Und das seit Wochen. Als ich ihr die Tür öffne, scheint sie weder meinen Trainingsanzug noch die ungewaschenen Haare noch den Putzlappen in meiner Hand zu bemerken.

„Ich habe dir die Lampe mitgebracht, die du behalten wolltest." Sagt's und streckt sie mir entgegen. „Habe sowieso keinen Platz dafür."

Sie stürmt an mir vorbei ins Wohnzimmer. Es bleibt mir nichts anderes übrig, als die Tür wieder zu schließen. Ich erkenne darin meine Schwester. Sie war schon immer so. Kaum hat sie sich irgendwo gesetzt, da geht sie schon wieder von dannen. Nie ruhig irgendwo. Immer in Bewegung. Ich stelle die Lampe vorsichtig auf den Boden, neben den Putzeimer.

Als ich ins Wohnzimmer komme, sitzt meine Schwester bereits auf dem Sofa.

„Sie ist sowieso nicht schön. Was willst du eigentlich mit ihr machen?"

Überlege kurz, aber sie wechselt schon das Thema.

„Hey, du hast dir ja ein neues Bild geleistet. Sieht gut aus!"

Sie springt hoch und nähert sich dem Aquarell an der Wand. Ich erwidere nichts, gehe in die Küche und schalte die Kaffeemaschine ein. Dann nehme ich zwei Tassen aus dem Schrank, bereite etwas Milch und den Zucker vor. Wir trinken Kaffee in der gleichen Weise. Als ich zwei Löffel auf den Küchentisch lege, kommt sie nach. Ich setze mich ihr gegenüber.

„Wie geht es dir?", fragt sie unvermittelt und legt den Kopf ein wenig schief, als würde sie mich genauer beobachten wollen. Ich nicke nur, will nicht darüber sprechen. Nicht jetzt. Meine Tränen warten nur darauf. Es genügt manchmal, zu blinzeln, und schon kullern sie über meine Wangen. Ich will nicht darüber sprechen und ich will nicht vor meiner Schwester weinen.

Die Kaffeemaschine rettet mich, als sie selbstständig loslegt. Der Geruch von Kaffee verbreitet sich. Meine Schwester schaut zu den sich füllenden Tassen hinüber. Dann steht sie auf und holt sie.

„Du, deine Nachbarin altert immer schneller, seit ihr Mann verstorben ist. Ich bin ihr im Flur begegnet. Und wie die zugenommen hat!"

Sie hat noch nie die Stille ertragen, meine Schwester. Dann redet sie einfach über das, was ihr so durch den Kopf geht. Sie erzählt mir von ihrer Arbeit, erläutert kleine Episoden aus ihrem täglichen Leben. Plötzlich stellt sie ihre Tasse wieder auf den Tisch.

„Danke für den Kaffee. Ich ruf dich an."

Ich höre die Eingangstür ins Schloss fallen, blicke auf die Uhr an der Wand. Sie hat ganze sieben Minuten in meiner Küche verbracht. Ich bleibe noch einen Moment sitzen, schaue zum Fenster hinaus, dann räume ich die Tassen weg und mache mich daran, meine Wohnung fertig zu putzen.

Erst am Abend nehme ich mir die Freiheit, die Lampe genauer anzusehen. Es ist die Lampe, die bei Mutter auf der Anrichte stand. Aber in letzter Zeit hat sie wohl niemand mehr benutzt. Das kann ich deutlich sehen. Niemand hat sich die Mühe gemacht, sie zu putzen.

Irgendwie hatte ich ein schlechtes Gewissen, mich an ein solches Objekt zu binden. Aber ich brachte es nicht übers Herz, mich von gewissen Dingen zu trennen. Nicht mit dem Gedanken, dass diese womöglich bei anderen Leuten stehen könnten. Während ich sie reinige, sehe ich den Ort vor mir, wo sie einst bei meinen Eltern stand, und frage mich, ob ich sie je anderswo stehen sah.

Ich erinnere mich in der Stille des Abends dieser typischen Geste meiner Mutter, wenn sie die Lampe anmachte, und des Lichtkreises, der aufs Sofa fiel und in welchen wir uns verkrochen, um den Geschichten und Liedern zu horchen, die Mutter vortrug. Ich entsinne mich des Duftes der noch warmen Kekse, die mein Vater mit einem viel zu großen Küchenhandschuh auf einem Backblech zum Abkühlen auf den Tisch stellte. Wir mussten uns stets eine oder zwei Geschichten anhören, bevor wir probieren durften. Wir hätten uns sonst an unserer mangelnden Geduld die Finger und Lippen verbrannt.

Meine Erinnerung macht einen Zeitsprung. Ich sehe meine Schwester auf dem Sofa stehen, ein Kissen in der Hand, bereit, es auf mich zu werfen. Mehr als einmal musste die Lampe gerettet werden, damit sie nicht runterfiel. Sie hielt stand. Den Zeiten und Epochen. Erinnere mich an die Wärme regenhaltiger Sonntage, die wir alle vor dem Fernseher verbrachten. Und an die Regentropfen, die der Wind gegen die Fenster trommeln ließ. An solchen Abenden fühlte ich mich immer als Prinzessin, meine Schwester als Pirat. Der Lampenschein machte eine Brücke zwischen Tag und Nacht.

Ich inspiziere den Lampenschirm. Einige Flecken, aber nichts Schwerwiegendes. Ich werde wohl das Netzkabel ersetzen müssen und mit Sicherheit auch die Glühbirne. Ich stelle sie vor mich hin und versuche, noch einen Augenblick in fernen Tagen zu verweilen. Meine Mutter verstand es zu Lebzeiten immer, jeden Raum zu erhellen. Mit ihrer Liebe und Präsenz.

Und da begreife ich.

Es sind nie die Gegenstände, welche die glücklichen Momente ausmachen.

Es sind immer die Menschen.

Ich oder du

Ich bin ich
und du bist du

Und du möchtest ich sein,
aber ich nicht du.

Denn wenn ich du wär
wärst du nicht du.

Und wärst du ich
wäre ich nicht mehr.

Jean-Pascal
Ansermoz

Es bire-
bitzeli
Glück

Geschichten aus Andersland

»Es würde ihn schon wundernehmen«, fuhr Christian
fort, »was aus den Träumen wird, die man in diesem
Leben nicht verwirklicht. Was für einen Sinn sie sonst
noch haben könnten.«

*»Sprachlich fein und gehaltvoll zugleich, und seine
Geschichten haben eine mal direkte, mal subtile Intelligenz,
die mich begeistert hat. Volle Kaufempfehlung! »*

Thomas Dellenbusch
auf Amazon.de

Als Alima und Kadir endlich die Küste Italiens erreichen, scheint für sie der Krieg in Syrien in weite Ferne gerückt. Sie stehen am Anfang eines neuen Lebens. Doch was sie vorfinden ist nicht das, was sie sich vorgestellt hatten ...

»Mit Regensymphonie hat sich Ansermoz still aber eindringlich direkt in mein Herz geschrieben. Seine Sprache verzaubert die Magie des Augenblicks.«

BuecherLeser.com

Weitere Informationen finden Sie unter:
www.jeanpascalansermoz.ch

FSC
www.fsc.org

MIX

Papier aus ver-
antwortungsvollen
Quellen

Paper from
responsible sources

FSC® C105338